欲上青天攬明月

www.cosmosbooks.com.hk

書　名　欲上青天攬明月

作　者　蔡　瀾

封面及內文插畫　蘇美璐

責任編輯　吳惠芬

美術編輯　楊曉林

出　版　天地圖書有限公司
香港皇后大道東109-115號
智群商業中心15字樓（總寫字樓）
電話：2528 3671　傳真：2865 2609
香港灣仔莊士敦道30號地庫／1樓（門市部）
電話：2865 0708　傳真：2861 1541

印　刷　亨泰印刷有限公司
香港柴灣利眾街德景工業大廈10字樓
電話：2896 3687　傳真：2558 1902

發　行　香港聯合書刊物流有限公司
香港新界大埔汀麗路36號中華商務印刷大廈3字樓
電話：2150 2100　傳真：2407 3062

初版日期　2018年7月

三版日期　2018年7月

ISBN 978-988-8258-94-9

目錄

口味的轉變

可懸酒肆

歡樂墨西哥

活在最幸福的年代

口味的轉變

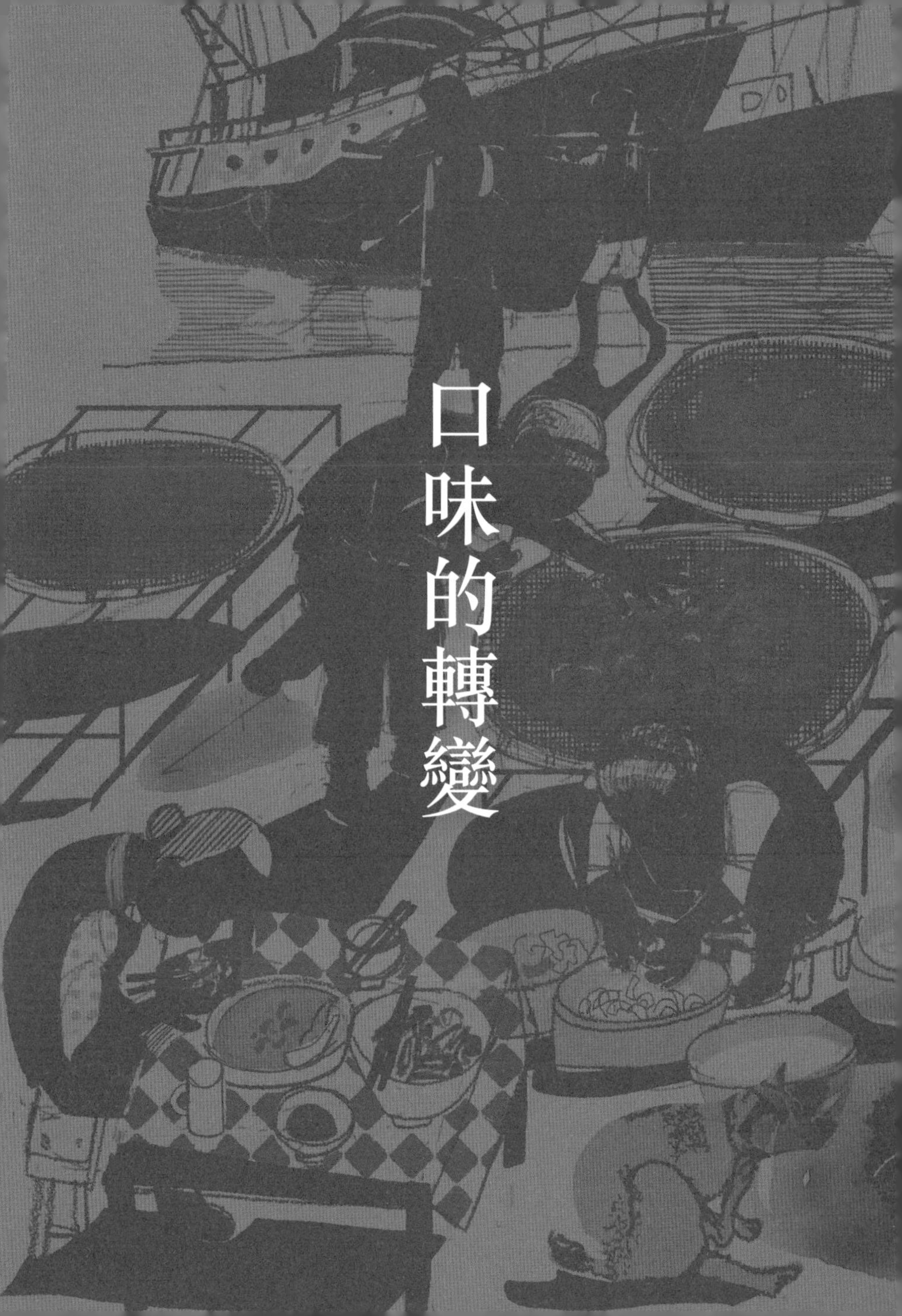

麵癡談麵

又要寫麵了，對於我這個麵癡，再聊三天三夜也談不完，但講來講去，都是從前説過的話題，就像麵本身，吃來吃去還是麵。麵，有個基本的味道，最家常，重複了又重複，百食不厭。

一般，你是甚麼人，就喜歡吃甚麼地方的麵，不可有反對的聲音，否則就要打架。我自認沒有偏見，所以我不認為潮州菜特別好吃，倒而愛滬菜的濃油赤醬。

麵，並非潮州人的特長，他們的粿條，也就是粵人所謂的河粉，做起來，比麵還要出色。基本上，我喜歡的是帶有鹼水，加上雞蛋鴨蛋，黃澄澄的顏色，很有彈力的麵，代表性的是香港的雲吞麵，福建的油麵、日本的拉麵，也屬於這一型的。

白色的，不用蛋也不加鹼水的北方麵，則全靠澆頭和湯底，不然加醬油炒一炒的上海麵，也很香吧，蘭州的拉麵，尤其是拉得毛細的，也愛吃。

粗條的麵大多數不入味，這是一般人的印象，但也有例外的，只要煮麵的功夫好，還是會做得很好吃，像在西安吃的biang biang麵，寬大無比，有皮帶麵的外號，以為一定煮不熟透，但經當地人一炮製，湯的味道進入麵條中，非常好吃，改變了印象，也是可以一吃再吃。

大致來說，我喜歡炒麵多過湯麵，而湯麵之中，我愛吃乾撈的，覺得麵沒有浸在湯中，更能吃出麵本身的味道，所以吃雲吞麵時，多是乾撈，麵條淥得剛剛夠熟，不軟也不硬時最好吃。

炒麵之中，我認為最好吃的是馬來西亞「金蓮記」的炒福建粗麵，做法一點也不簡單，一定要用豬油和猛火，一面炒一面撒大地魚粉，下大量的豬油渣。味覺並不能用文字形容，馬來西亞又不是很難去，試過就知道我講的有多香。

也別以為我一直強調豬油不健康，麵和豬油是一種完美的配合，試試看去上海館子叫一碗葱油拌麵，要是用的是植物油，那就完蛋，不吃好了，餓死算數。

可憐當今的滬菜館子大多數不用豬油了，也有克服的方法，那就是叫一客蹄膀，把飄在表面上的豬油撈起，淋在麵上。

說回炒麵，印尼的炒麵也很不錯，還有印度的炒麵，雖不用豬油，但也有獨特的風味。不過去到印度，就沒有印度炒麵了，印度炒麵只能在新加坡或馬來西亞才有。

也別以為我挑剔，不能吃即食麵，其實我向來得個喜歡，不能想像沒有即食麵的日子，當今馬來西亞出的各種高級的即食麵，都很好吃，東京日本的，最美味最容易入味，是日清食品的元祖雞殼麵，我旅行時必備一包，隨時備用。

炸醬麵只有北京人才喜歡，最講究的，配料一張桌子也擺不下，用上手擀麵、蒿條、韭菜扁、帘子棍等等，醬也要用鮮黑醬，才不苦澀，但是，我在北京吃炸醬麵，沒有一次讓我滿意，也不怕北京人罵，我還是愛吃韓國人當今認為是他們的「國食」的韓式炸醬麵。

講到豪華，最厲害的還是「天香樓」的蟹粉麵，哪裏是粉？簡直是蟹肉、蟹膏蟹黃的精華，一大堆蓋在麵上給你慢慢去撈，天下最貴最好吃的，也只有這一碗了，但是吃時要乘熱，而且最好是下點專門用來吃大閘蟹的醋，不然會有腥味。

說到麵，避不開日本拉麵，普通的有築地場外市場大街上的「井上」，叉燒和葱以及筍，大量地加，賣得也很便宜。前陣子大火，以為波及，但是去了，照常營業。最好吃的還有大阪黑門市場角落上的那一檔，大量豬骨熬湯，配料有彈牙的黑木耳絲、紅薑絲、菜心泡的鹹菜、叉燒等等。但說到最愛，還是有一年金庸先生請我們去東京，入住帝國酒店，對面日比谷公園入口處有檔豬骨拉麵，在冬天下大雪時光顧，見小販用一個竹籮，籮上擺了一大塊肥豬肉，用手彈籮，白色的肥豬肉熬得稀爛，一粒粒地掉在湯中，小販攤子已不擺了，一切成為記憶。

能吃到的，當然還有香港的雲吞麵，深水埗的「劉森記」、各地的「何洪記」、「正斗」等等，隨時隨地吃它七八碗吧！

前些日子，智英兄說我做的乾麵條好吃，乘現在也賣賣廣告，那是我和一個姓管名家的人合作的，他做的麵條是一頓頓地拍賣，我向他說

能做得多少？不如出乾麵，他答應研究研究，這一研究，就是三年。我耐心等待，試驗成功後，只要煮個兩分鐘就熟，過了也不會失去彈性，他做的是全蛋麵，我替他配上我認為世上最好的「老恒和」醬油，這種醬油一小瓶就要賣到三百塊人民幣，我也不惜工本用了，再配上我們工廠自己熬的蔥頭豬油，吃過的人無不讚好，當今只能在網上買到，只要上淘寶或天貓，或點進「蔡瀾的花花世界」https://www.chualamscolorfulworld.com就可以郵購。

鰻魚癡

看CNN的美食環節，介紹東京的鰻魚店《翏》，將鰻魚昇華為精緻的高級料理，得米芝蓮星，生意滔滔，當今要訂位也難。

馬上想飛去試試大廚Ryo Murata的手藝有多高，從前上不了大雅之堂的食材，當今變成了寶，外國人也開始欣賞。我一直說日本料理之中，鰻魚最不受重視，今後會發揚光大，果然不出所料。

香港起步得較慢的原因是燒烤起來需時，在內地各大城市中的鰻魚店漸多，將會掀起一陣熱潮，他們用的都是福建產的鰻魚，已成為半製成品，到店裏烤一烤，淋上甜醬汁即成。

洋人會吃鰻魚嗎？當然會，在貧苦的日子中，甚麼食材最便宜就吃甚麼，鰻魚是其中之一，早年泰晤士河裏都是，抓個不光，鰻魚凍Jellied Eels是窮人的恩物，小説中寫下層社會，一定出現。

當今河水污染，鰻魚漸少，也變成一種昂貴的食材了，如果想吃到底是怎麼一回事，在倫敦河邊還有一家僅存的老店叫M. Manze，可以一嚐。

上桌一看，是用一個缽，裏面有好幾塊切成一大段一大段的鰻魚，它的汁透明狀，已凍結成啫喱。狄更斯的小説看得多了，最初一到倫敦，就找鰻魚凍來吃。奇怪，並沒有想像中的腥氣，慢嚼其肉，吸噬骨頭邊的汁，發現味道甚佳，而且非常之肥美，比Fish & Chips好吃得多。

即刻追問做法，很簡單，如次：用一條長鰻魚，洗淨。斬段、放滾水中汆，取出，加洋葱、胡蘿蔔、醋、胡椒、月桂葉、豆蔻、西芹和檸檬汁，加水，水滾，轉小火，慢煮二十分鐘。取出鰻魚塊，置放一個淺碟，把汁倒入，蓋滿為止，放入冰箱，過夜，即成。

其他歐洲國家就沒英國那麼窮、那麼保守，煙燻鰻魚是北歐的主食之一，當今大家旅行，去到俄國和前共黨圈的百貨公司食品部，一定可以買到一大條一大條的鰻魚，用蠟紙包了，拿回酒店，肚子餓時配麵包吃，又肥又香，真是好東西。

西班牙人就會吃了，他們不但吃大條的，還吃幼魚，叫為Angulas，我住西班牙時很便宜。在一個陶缽中下橄欖油和大蒜，燒滾了油，就把一大撮活生生的鰻魚苗撒進去，即刻用木蓋子蓋住，防止熱油四濺。過一陣子，就可開蓋，小鰻魚已熟，但還燙，要用木匙子舀來吃，用鐵匙的話也會燙舌。極為美味，當今越來越貴，一小撮也賣一百塊美金了。

還是東方人的食文化較為發達，中國人吃鰻魚早就千變萬化，龍蟠

EEL & PIE HOUSE
M. MANZE
105

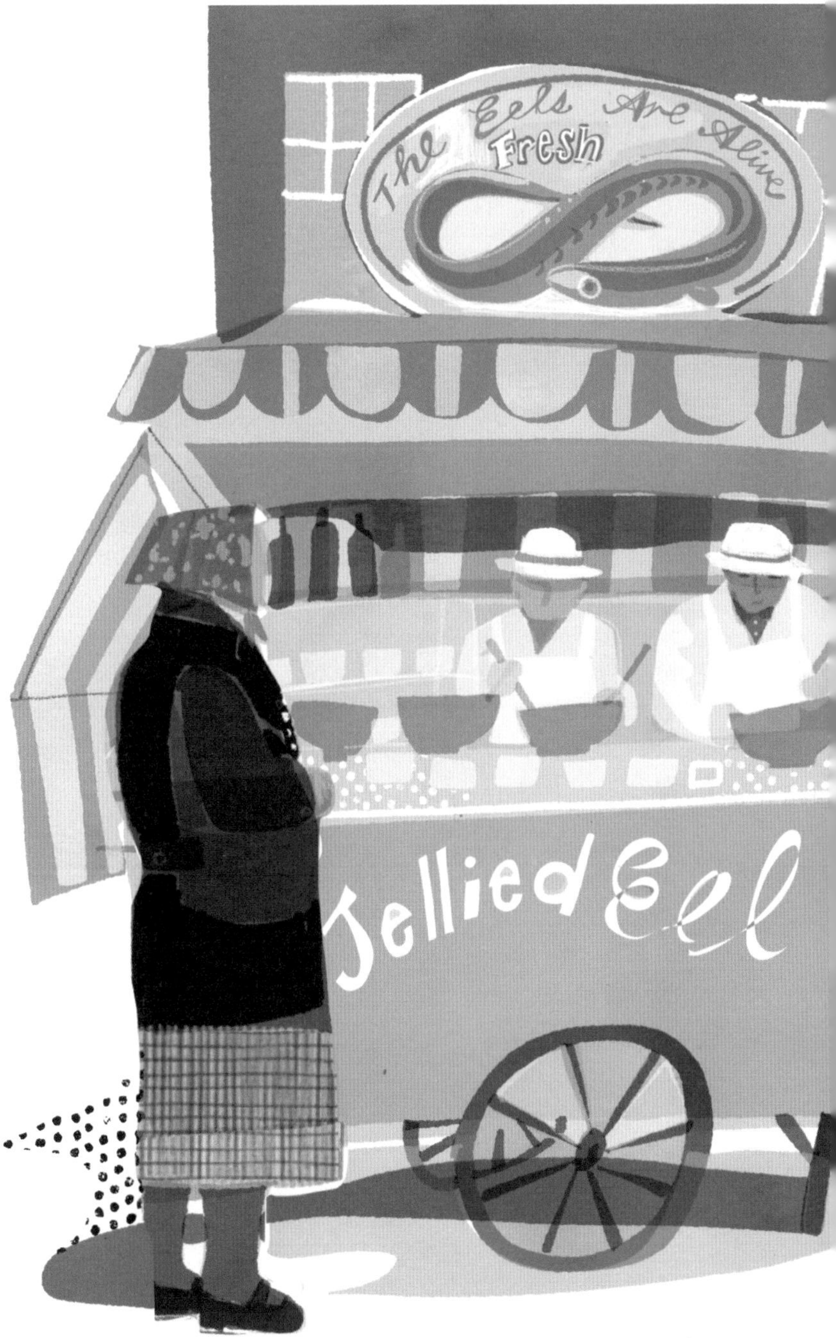

The Eels Are Alive
Fresh
Jellied Eel

鱔是把鰻魚斬塊，但肉和皮連着，彎曲起來放在深碟子中，下豆豉、蒜茸去炆熟，樣子和味道極佳。

但為甚麼叫鱔，不是鰻嗎？鱔和鰻怎麼分別，是不是大的叫鰻，小的叫鱔？也不是，分不開的，依着習慣叫就是，巨大無比的鰻魚，就叫為花錦鱔。

從前也是難得吃到的，「鏞記」有賣花錦鱔的傳統，一向是廣東地區運來，後來吃光了，就從緬甸和東南亞其他小國進口，很大條，很粗，雙手作環狀那麼粗，八九尺長。當今能夠抓到，屬奇蹟，本來不應吃的，既已運來，已有朋友認頭了，也就作陪客。粵語中的「認頭」，就是從吃花錦鱔來的，那麼大的一條魚，何時劏？當然是有人願意付錢，買下頭部，其他斬成一大圈大圈出售給別人。

一個頭十幾年前已要三、四千塊一份，當今當然不止，身體部份的一圈圈，當年一千塊港幣一圈，現在只能當做故事來聽了。

頭好吃嗎？鰻魚最肥美的就是皮了，頭的部位最多，也包括了一大塊頸部，濃油赤醬給燒了，甘美無比，口感也是別的魚類嚐不到的。

較為細小的黃鱔，肥起來脂肪亦多。在台山，至今還能吃到黃鱔飯，是把多尾黃鱔劏後，血混在米上，用大陶缽再炊成一鍋鍋香噴噴的飯來。

最普通的枸杞煮鰻魚湯，家母最喜歡用這道菜下酒，內人學了去街市買一尾肥大的鱔魚回來，用鹽洗乾淨魚潺，放枸杞煮成一鍋湯讓老人家享用。如果想吃，到九龍城的「創發」去，那裏有一盅盅已經煮好的半成品，下單後店裏把它蒸熟了就能上桌。

所有河和湖裏面的才叫鰻或鱔，海裏的廣東人就叫為油鱔，肉較硬，斬件後用燒肉炆，

也是一道美味的菜。

日本人分的較清楚，壽司店裏是不賣鱔或鰻的，如果看到，那是海鰻，不叫Unagi，而叫Anago，肉質柔軟，沒有河鰻那麼有咬頭，也沒那麼肥美。

但如今吃到的都是養殖的，在日本要千辛萬苦才能吃到一尾野生鰻魚，懂得味道的人當然分得出，一般人沒有得比較，也就算了。

如果堅持要吃野生鰻魚，那麼只有去韓國了，鰻魚在韓國還沒那麼流行，那邊河流也少污染，吃野生鰻是理所當然的事，在各大鄉郊還能找到鰻魚店，他們的吃法是在火上烤，異常甜美，到了韓國千萬別錯失這種美味。

甜與鹹

南洋小子，第一次來到香港，被朋友請到寶勒巷的「大上海」，第一道菜上的是紅燒元蹄，一看，好不誘人，吃了一口，咦？怎麼是甜的？

甜與鹹，不只是一個味道，而是一種觀念，你認為這一道菜應該是鹹的，但是一吃，加了糖，變成又甜又鹹，就覺奇怪，就吃不慣。對於上海人來講，他們從小就是這個吃法，一點問題也沒有，對其他地方人，就產生怎麼吃得下去的想法。

固執地認為又甜又鹹的東西不好吃，那麼人生對於吃的樂趣就減去

了一半，而永遠覺得只有家鄉味好，就是一隻很大很大的井底蛙了。

不只是中國人，英國人也一樣，吃東西時，先吃鹹的，到最後才吃甜的，忽然間出現了一道蜜瓜生火腿，即刻搖頭。意大利人則偷偷地笑，那麼美味的東西，你們怎麼懂得了？

天下美食，都是一群大膽的、充滿好奇心的人試出來的。只要安穩，不求變的人，是無法享受，也不值得讓他們享受。

最初去日本，貪便宜叫了一客「親子丼」，是雞肉和雞蛋的組合。吃了一口，哎呀，怎麼是甜的，雞蛋怎麼可以下糖，除了蛋糕甜品之外？後來發現他們不只在親子丼下糖，吃壽司時的蛋卷也下糖，壽司舖沒有甜品，只有吃雞蛋卷當甜品了。

日本菜裏面很多又甜又鹹的，醬汁尤多，像烤鰻魚的蒲燒，也很甜。最初吃不慣，後來才分別得出，醬汁的甜，和鰻魚肉的甜，又是兩

25 欲上青天攬明月

碼事。

引申出去，有人認為魚是魚，肉是肉，不應該混在一起吃，一混了，立刻拒絕嘗試，但是「鮮」字是怎麼寫的，還不是魚和肉？

海鮮和肉類的配合，有很多極為美味的菜餚，像寧波人的紅燒肉中加了海鰻乾，韓國人燉牛肋骨時加了墨魚，都是前人大膽地嘗試後遺留給我們的智慧。

和年輕人聊起做生意和創造食物新產品，我的所有生意，都是「無中生有」。十分有趣，我年輕時一提起生意即厭惡，上了年紀後才知道甚為好玩。無中生有，多有創意呀！

無中生有就像鹹，要配合了甜來起變化，那就是「與眾不同」了，舉個例子，像我在網上賣蛋卷，賣得很好，蛋卷是一種廣東小吃，人人會做，就不是無中生有了，人人會做，就不是與眾不同了。

我一開始想做蛋卷，是吃到廣東東莞道滘地方，有一家叫「佳佳美」的，糉子生意做得最大，他們也出一些小食，其中蛋卷都是以人工焙製，一片片地捲起來，薄如紙，做法是一流的。

我與佳佳美的老闆娘盧細妹相識甚久，交情頗深，就請她幫忙做我的蛋卷，她的工廠寬敞，非常乾淨，人手又足夠，一口答應了我的要求，把試味的工作交給了她的得力助手袁麗珍。

無中生有已經有了一半，接着就是怎麼與眾不同了，一般的蛋卷的味道都是甜的，我的配方是又加蒜頭又加葱，做出又甜又鹹的蛋卷來。

這一下子可把袁麗珍折騰壞了，味道試完又試，不滿意的全部丟掉，一次又一次的失敗。

從袁麗珍的表情，我可以看得出她是一個和我一樣勇於嘗試的人，從不抱怨，重複再重複地試做，終於做出讓我首肯的產品來。

當今，我們的產品再一次證實，甜與鹹的結合可以千變萬化的。

佳佳美的老闆娘盧細妹一開始就了解甜與鹹的配合，道滘的糉子，特點就是甜與鹹，他們糉子的餡，除了蛋黃之外，還把一塊肥肉浸在冰糖之中，包裹後蒸熟，甜味的油完全溶在糉子之中，所以味道非常之特別，深得我心。但不是每一個人都會接受，曾經把這糉送給上海朋友，他們都皺了眉頭。

濃油赤醬也不是帶甜嗎？怎麼不能接受，這又回到習慣的問題，這位朋友吃慣了湖州的糉子，新三陽老三陽賣的那種，一點也不帶甜的，所以就不喜歡了。

不愛吃的味道，慢慢地接觸，像談戀愛一樣，久而久之，便發生感情。最初，我們都不吃刺身的、最初，我們很討厭牛扒、最初，我們聞到芝士味道，就掩鼻。

一走進那個陌生的味道世界，宇宙便給我們打開，要研究的像天上的星星，一生一世的時間是不夠的。

回到基本，甜與鹹可以結合，酸與澀亦行，總之要試。我不厭其煩地重複：試，成功的機會五十五十；不試，機會是零。

但是，有些人怎麼去說服，也說服不了，不必生氣，也不必教精他們。這些人，注定只有傳教士一種方式，不必同情，讓他們自生自滅。

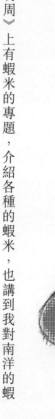

蝦米

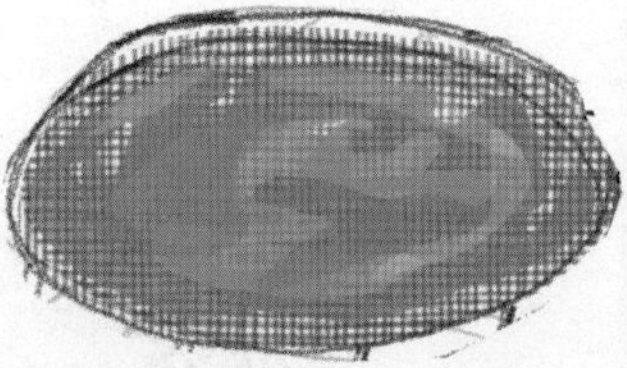

《明周》上有蝦米的專題，介紹各種的蝦米，也講到我對南洋的蝦米情有獨鍾，認為當地曬的蝦米最鮮甜，去吉隆坡或新加坡時會從雜貨店買回來。

對的，我從來不在香港買蝦米，原因是看不見有高級貨，剛來香港時，還能找到從潮州運來的金鈎蝦米，當年已經貴得不得了，不是一般老百姓買得下手。

當今，有錢也買不到了，為甚麼呢？蝦米的生產，是捕撈過剩時才曬乾來防止腐爛的。海洋已被人類傷害，加上現代化的拖網漁船，產量已越來越少，一有新鮮的，即刻在市場被人搶購，剩下的也用先進的冷凍科技輸出到各地賣錢，還有甚麼人肯那麼浪費拿去曬乾呢？

另外一個錯誤的觀念，就是蝦要蒸熟了再曬才成蝦米。鮮蝦一煮，甜味至少失去一半，真正的蝦米，應該是活生生曬的，才算及格。還有是一定要用野生的蝦，養殖的有其形無其味，怎麼樣曬也是次貨了。

南洋蝦米就是好的嗎？也不對，我們跑去越南旅行，在菜市場中看到的蝦米大大小小，各式各樣，價格便宜得很，我一一試之，發現沒有一種有甜味，那是為甚麼？

第一，完全是養殖。第二，河蝦居多，嚴格來說，河蝦是不能夠稱得上蝦米的，河蝦的甜味，永遠比不上海蝦。第三，養殖的和河蝦曬出來的產品，顏色是已經失去鮮艷，加人工色素是必然的，想到一口一口地吃化學品，心中已發毛。當今來自中國的蝦米，也大多數染色。

在吉隆坡或新加坡能買到的，也只有來自馬來西亞的蘭卡威島的才好，那裏還保存着生曬傳統，絕不先蒸熟，曬後裝進麻袋中，往大石摔撻，再放進笥箕，以純熟手法拋了又拋，這麼一來蝦殼就能隨風飄揚去掉。

我把從那裏買回來的蝦米送給倪匡兄，這個吃海鮮專家一嚐就知道是好貨，急了起來也不洗一洗，就那麼抓一些送進口裏吃，大叫鮮甜無比。

在幾乎全是養殖蝦的今天，還可以買到的用野生蝦生曬的蝦米，還有從日本進口芝海老和長腳海老了，另外有靜岡縣田北町的櫻花海老也很甜，到了東京的築地或大阪的黑門市場時，在雜貨店也能找到，千萬別錯過。

蝦米一直沒有離開過我，到日本留學時家母也一公斤一公斤地寄來，説甚麼即食麵調味包充滿味精，絕對不可食之。用蝦米滾湯已經是我家的傳統，每次煮即食麵都抓了一把，用熱水沖它一沖，再拿去滾湯，熬個五分鐘即能代替調味包。

把雪裏蕻洗去過量的鹽份，擠乾水，切成幼絲備用，另一方面，用滾水泡軟蝦米，撈出，用石臼舂之（不必太碎，太碎不成形），最後鍋中下油，冒煙後下蒜茸，把這兩種食材炒乾了水份，再下一點糖，就可以保存在冰箱中，口寡味淡時拿出佐酒，一流，一流。

蝦米是馬來盞的主要原料。浸軟後舂碎，加辣椒膏、蝦膏炒之，已是一種百搭調味料，用來炒蕹菜最為適合。

本來鹹豆漿下的是蝦皮，但是我發現用浸軟的蝦米來代替，味道更佳，配合了榨菜碎和油條，油條要炸了再炸，切成細片一齊煮出來的鹹豆漿最為美味，如果不怕又鹹又甜的吃法的話，那麼下一點糖來吊味，更是完美。

蝦米煮水蛋又是一味好餸，問題是都得把蝦米浸軟，要不然太硬了總和很軟水蛋不調和，另外有一種秘方，就是把田雞肉剁碎了拌在蛋漿之中，是一種隱藏的味覺，鮮甜得不得了。

如果遇上好絲瓜，尤其是台灣的澎湖絲瓜時，用蝦米和粉絲來煮成一煲，可以下白飯三大碗。台灣人用蝦米有他們的一套，炒米粉他們最拿手，把細如髮絲的新竹粉浸軟了，南瓜切絲，下蝦米、小蛤蜊來炒，吃後不娶他們的媳婦不成。

江浙人叫蝦米為開洋，確有海味，簡簡單單的開洋白菜，已是經典名菜。我還吃過他們的開洋豆腐腦，味道極佳，當然那是巧婦做出來的才行。

潮州人的豬腸灌糯米加蝦米，這道理和包糉子一樣。廣東

人的蘿蔔糕更是少不了，生炒糯米飯中，豈可沒有蝦米呢。

蝦米在韓國菜和日本料理中都罕見，意大利人更是不會用，是中國人的驕傲。

香港人做得最出神入化的是XO醬，當今世界聞名，電視節目中看到西洋名廚，也驚為天人似地把XO醬加入他們的菜式中。這道醬歸功於朱牧先生的太太韓培珠女士，在七十年代經她一做，吃過的人無不道好，紛紛向她要做法，只聽她笑嘻嘻地說何必那麼麻煩，你喜歡我做給你吃好了，但說歸說，送歸送，從來不將做法告訴人，後來大家研究模仿，用蝦米代替了她的瑤柱，加蝦籽、指天椒、火腿等複製，也不知叫甚麼醬才好，當年流行喝白蘭地，高級的叫XO，從此得名，今天談到蝦米，特此一提。

口味的轉變

隨着年齡的增長，飲食習慣不斷地改變，由從前的大吃大喝，變成當今的淺嘗而已。

可以說是挑剔嗎？也不盡然，好吃的多吃幾口，不喜歡的完全不去碰，不算是選精擇肥，吃多吃少罷了。

最怕的是被請客時，桌上出現的鮑參肚翅，我一看到就想跑開。不管是做得多精美，總之引不起我的食欲，見到蒸出來的一條石斑之類的海魚，最想吃的是碟底的魚汁，淋在白飯上，美味之極。

從前一點飯也不吃的我，只顧喝酒，當今卻深愛那碗香噴噴的

飯，就算擺着山珍海味，也要求來一碗白飯，這個轉變最大。

怪不得國內人士說年紀大了都會變成「主食控」，主食指飯類或麵類，而控就是發狂的意思，成為麵癡飯癡。

這是怎麼造成？在外旅行的時間多，晚宴不吃飽的話，半夜三更餓起來不是好玩的事，叫酒店服務很煩，不但不好吃，而且要等個老半天才送上來，扒一兩口就放下，浪費得很。

所以被請客時不管多飽，會把桌上吃剩的餸菜打包起，或者請侍者另來一兩個饅頭，如果不餓就不去碰，反正來個保險也好。

在國內旅行時不這麼做是不行的，第一道菜上的總是三文魚刺身，啊，怎麼吃得進肚？菜不斷地上，杯盤重疊，也多數沒有一樣想舉筷去夾，麵是我這個麵癡最愛吃的，上次去福建做活動時，我就早一點去外頭叫個麵吃，如果不出街，就在酒店餐廳來一客炒麵填肚，反正應酬飯

是吃不下的。雖然有各式各樣的海鮮，但蒸一尾魚，怎麼也蒸不過香港的好。

到了外國，日本的旅館大餐雖佳，甚麼都有，我也只會擇幾樣嘗嘗。東西實在太豐富了，但總等不及，請侍女來一碗白飯，一碟泡菜，一碗麵醬湯，餓也可以任添，日本餐不會吃不飽的。

去了法國有點麻煩，一餐總要吃上兩三個鐘。並不是每一道菜都是自己喜歡的，試一試就放下刀叉。等菜上桌時，麵包熱騰騰，好的餐廳一定自己烘麵包，都有水準，加上那上等的牛油，正餐未開始已經填滿肚子，吃法國菜時一向是不必打包回房間的。

意大利餐最隨和，總之有各種美味的意粉可以填肚。他們的火腿也出色，其實意粉和火腿已經可以解決一切，再不然來碟意大利雲吞，他們的包得很小很小，每粒都是迷你型的，好吃得很。加上飯前已灌了幾杯猛烈的Grappa，輕飄飄地吃甚麼都快樂得很。

印度菜一點也不簡單，別以為全是咖喱，花樣可真多，但也不全是合口味的，試了一下就算了，最好的是那缽羊肉焗飯，做得可真精彩，用一個銀製的餐器裝着，上面一層麵包皮封密，打開之後香氣撲鼻，淋一點咖喱汁，就能解決一餐。

當今，令我忘記白飯的，也只有韓國菜，一開始就是十幾二十種免費小菜，總有幾道可以淺嘗的，來一杯土炮馬格利，更能打開胃口。接着是生牛肉，他們用雪梨、大蒜和芝麻油及蜜糖拌着，不知比洋人的韃靼高出多少倍，另有醬汁蒸魚、牛筋牛腩燉湯，好吃東西數之不盡，以為韓國只有Kimchi和烤肉的人是個大傻瓜。

吃韓國菜時，唯一能引我吃一口白飯的，是當醬油螃蟹上桌時，望着那蟹殼裏面金黃的膏，忍不住也要掐一口白飯放進去撈，那種美味，

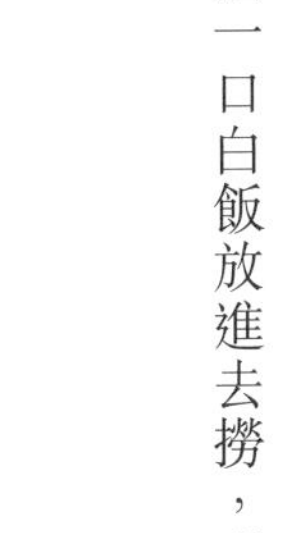

令我覺得吃韓國菜最滿足，而且百食不厭。

回到香港，在我腳傷時，住了兩禮拜的醫院，餐廳裏的煲仔飯是著名的，友人來探望我，目的也是那煲鹹魚肉餅有飯焦的佳餚。

有時請人去「生記」的阿芬那裏煮一大碗粥來吃，加魚卜、生魚片、肉丸、豬肝、豬心，那不是一碗粥，是一場盛宴。

當然各類的點心食之不盡，陸羽的豬膶燒賣、蝦餃和粉果、炸醬撈麵、白肺湯和咕嚕肉等等，再無食欲，看到了都會吞個乾乾淨淨，再加上四両炸雲腿，口水流個不停。

鹿鳴春的炸雙冬（冬筍、冬菜）加魚鬆、燒餅夾牛肉、炸元蹄、京燒羊肉、芫荽炒喉管、酒糟鵝肝等等，我不會淺嚐，只會大吃，最後來個山東大包，再飽也能吃得下。

還是從天香樓打包的吃得過癮，醬鴨、馬蘭頭、鴨舌頭、蟹粉炒蝦仁、烤田雞腿、鹹肉塌菜、鴨子雲吞湯，就算不吃這些，來一碟他們泡的醬蘿蔔，已是人間美味。

簡單一點，到上海美華菜館來兩個大粢飯，裏面包的油炸鬼是炸了兩次的，爽脆無比，還添榨菜和大量的肉鬆，另外還有那碗鹹豆漿及油豆腐粉絲……最可惜他們做的蛤蜊燉蛋不能打包。

住醫院，住出一個大胖子來。

外賣經

有些日子，經常要在國內的各大都市旅行，有的是公務，多數有人請客，東西他們認為有多好吃就多好吃，但一天下來，已心身疲倦，還要與一群陌生人共餐，作無謂的交談，想起來就覺得怕怕。

那麼去自己喜歡的食肆吃個飽吧，這個念頭的確是閃過，可是，第一，當你已經疲倦時，等菜上桌是一件恐怖的事。第二，還要花時間在路上，尤其是隨時隨地發生的交通繁忙。第三，也是最致命的，就是不知道對食物會不會失望。

算了，算了，餓死算了。這麼想，當然是開玩笑，人生最大的痛

苦，莫過於捱餓。

有甚麼解決辦法？有呀，叫外賣呀。

叫甚麼好？這麼一問，得到的答案當然是麥當勞。這個無孔不入的恐怖組織出現在任何都市裏面，要逃避它的廣告，已是不可能的。

我可以很驕傲地告訴大家，這一生人我沒有吃過麥當勞，沒有吃過怎麼知道好不好吃？你不是說過所有的食物，要試過才有資格批評它的好壞嗎？友人批評。

對，對，說得一點也不錯。我不走進麥當勞，不是因為東西好壞，而是我不能接受美國人對食物的這個觀念！快餐，我不反對，我可用鐵鍋熱炒出來的菜，一分鐘也不需要，要多快有多快。

不贊同的是死板的流水作業。煎一個雞蛋罷了，怎麼可以用個鐵圈圈住，把雞蛋打進去，計算標準時間完成，做出幾百萬、幾億個完全相

同的煎蛋來？

食物要經過母親的手，或者是一個固執的大廚，才是食物呀，但這麼想，始終不實際，一生漂泊，怎麼有可能每一餐都享受得到？吃不到的話，寧願捱餓，但也有變通的方法如次：

到達酒店，雖然知道酒館餐廳很少有美食，但還是會拖着疲倦的身體去點來吃。大多數，是叫房間服務，看了餐牌之後大點特點，肚子一餓，就能把餐單所有的東西完全叫齊。

結果，又是剩下一大堆。

有甚麼方法更好？當今內地送外賣的服務，效率異常之高，我們可以在手機的App上看到周圍的餐廳有甚麼菜，一樣樣地叫了。在洗澡的時候，同事們就會去食肆拿回來，或請服務員送到，這一來可豐富了，要甚麼有甚麼，最差的，也有一個上海粗炒。

當今，連火鍋也可送外賣，餐廳會把食材一紙碟一碟地切好鋪好，用玻璃紙封住，然後送個即用即棄的火水爐來，鋁質極薄的鍋子派上了用場，加上一大堆蔬菜或粉絲細麵類，吃個不亦樂乎。

如果時間充裕，我們會先在便利店停下，走進去甚麼都有，最後買了各式各樣的即食麵、幾罐啤酒、肉類罐頭或者花生等來送。

去到有老友的都市最幸福了，還沒有入住上海的花園酒店之前，已打電話給「南伶酒家」的陳王強老闆，買搶蝦、油泡蝦、馬蘭頭、烤麩等小菜，再來紅燒蹄膀、生煸草頭、醃篤鮮……等等等等，在酒店裏開個大餐，就是可惜不能把蛤蜊燉蛋也打包回來。

當今，鰻魚飯在大陸流行起來，各地都有專門店，裝進精美的盒子，還有一碗鰻魚腸清湯。送來的當然是不正宗、不好吃的鰻魚飯，但是有甜醬汁淋在飯上，也可以刨幾口。

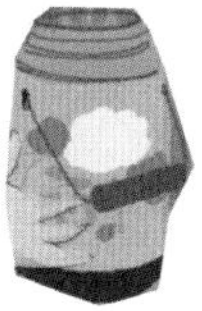

在意大利旅行當然吃不到中國菜，不過走進他們的肉店，甚麼火腿、香腸、芝士、肉醬都齊全，一切外賣都是完美的。我這個人不在乎吃冷食物，吃得很慣，這也是上蒼賜給我的口福。

日本人是外賣高手，他們的便當我是家常便飯，最差的是幾個飯團，有鮭魚的或明太魚籽的，有時只有一粒酸梅，但另有泡菜來送，也能解決。

最奢華的是這次在新潟，不想到外面吃，和好友劉先生兩人各叫了一個便當，送到了房間一看，好傢伙，是個用精美的絹花布包着的大盒子，打開了裏面有三層的透明膠格子，放着各種刺身、烤魚、日式東坡肉、燒牛肉等等等等，當然有白飯、麵醬湯和泡菜，不吃剩才怪。

回到基本，酒店的室內服務，有點保證的是「亞洲選擇」，綜合了大家都吃得慣的菜式，最典型的有雲吞湯、海南雞飯、叻沙、印尼炒飯等，比甚麼西方三文治都可靠，雖然有時也遇到難於嚥喉的，不過如果你叫一碟咖喱飯，總可以保證吃得下。

咖喱飯分牛肉、雞肉和海鮮，千萬別叫雞肉，冷凍得一點味道也沒有，海鮮也是，蝦已凍得半透明。牛肉最妥當，怎麼煮都好吃，運氣再壞，也不過是老得咬不動的，但最差也有咖喱汁，這是外賣的經典食物，別錯過。

外賣總令我想起當年拍電影時的情景，蹲在野外捱飯盒，但有得開工，不會失業，還是有幸福感的。

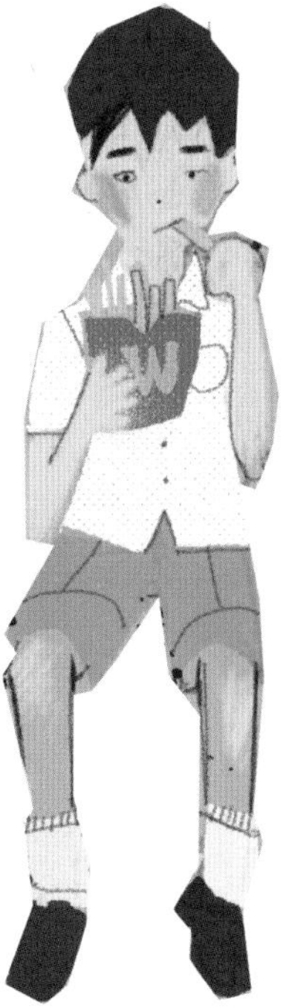

苦瓜頌

談苦瓜吧，人生已經夠苦，廣東人把苦瓜叫為涼瓜，頗有詩意，夏天啖之，苦苦地，好像有一陣清涼。

苦瓜又叫半生瓜，照字面解釋也許是全熟了不好吃，太熟變黃，半生時碧綠，極美。半生，也可以說是到了人生的一半的時候，才慢慢欣賞苦惱之中帶來的滋味，愈吃愈覺得這種苦味比甜酸和辣更深一層，喜歡上了，代表我們已經可以吃苦，人生已經安逸。

愛上苦瓜，就要找最苦的，市面上的苦瓜多是長條形，瓜上的疙瘩很粗很大，呈淺綠至深綠。疙瘩越小越苦，像沖繩島的，苦得很，但

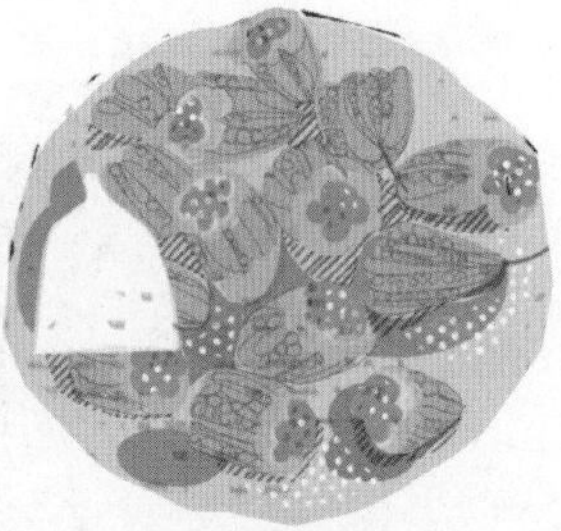

是最苦的，莫過於台灣鄉下找到的野生苦瓜，一顆顆手掌般大，炒後來吃，苦得人整張臉都皺起來，不吃過不知道厲害。

不是要老了之後才能欣賞，我友人的一個小兒子，自幼喜食，吃苦也可能是天生的。但這種味覺的基因，在西洋人身上就遲鈍了，從來沒聽過洋人喜歡吃苦瓜的故事，沖繩自古以來不屬日本，連日本人也不欣賞。

苦瓜有降血糖、消炎退熱、明目、抗癌、治糖尿的作用，甚至可以用來美容，傳說它能滋潤潔白皮膚，切成薄片敷在臉當面膜。

中國人一說到草藥就好像甚麼都治得好，但這要吃上成千上百斤才有功效吧，照我們日常當菜吃的份量，不會有明顯的效果。

還是說苦瓜的烹調法吧。

依古人的智慧，苦瓜和豆豉的配合最佳。甚麼都不必下，連蒜頭也

可以免了，油熟後，撒豆豉去爆香，倒入苦瓜片，兜幾兜就能上桌，苦瓜又爽又脆，喜歡吃軟的，倒水進鍋，待水滾，上鍋蓋，焗它一兩分鐘，就能軟熟，豆豉也更加入味。

吃肉的話，牛肉和苦瓜的搭檔也是完美的。這道菜可以用蒜了，炒牛肉時先用蒜爆爆，再下苦瓜，每每覺得肉太硬，那是因為你選擇的牛肉部份不對，到肉檔指定肥牛好了，這種肉怎麼炒也不老。如果火候能掌握得好，向肉販要一塊包住牛肺部的肉，叫封門腱，切成薄片，速炒速起，肉味就更濃了。生炒苦瓜，撈起備用，待封門腱炒好，再把苦瓜放進鍋中兜兩兜，就能上桌。

至於鹹味，通常在油熟時下鹽溶之即可，但你會發現牛肉和潮州魚露配合得比鹽好，也較鹽更錯綜複雜，這都是前輩教的，錯不了。如果你想有點甜味，那麼味精可免，下一點點的糖，不會死甜，比下甚麼雞粉更妙，反正所謂的雞粉，也不過是味精。

比味精更厲害的「師傅」，就是糖精了，當今的食肆裏新派菜，有一道所謂的話梅粉苦瓜，冰鎮後上桌。反正是把苦瓜片成薄片，用話梅粉捏它一捏，放在冰碎上，即成。客人一吃，酸酸脆脆，苦苦甘甘，大聲叫好。但，要知道的所謂話梅粉，就是大量的糖精，拌甚麼都好吃，但多食無益。

涼拌苦瓜，還有一種叫「人生」的菜，那就是糖醃的「甜」，醋拌的「酸」，苦瓜本身的「苦」，還有辣椒醬拌的「辣」了。像芥末墩一樣，分四撮上桌，就叫「人生」了。

另一種最家常的配搭，就是雞蛋。苦瓜炒雞蛋，是沖繩菜的代表作。也可以蒸成餅狀，切成方塊上桌，若要變化，可用鹹蛋黃炒苦瓜。

不但是肉類，苦瓜和海鮮也配合得好，把蛤蜊浸水，別學古人放生鏽的刀，撒點指天椒碎下去好了，蛤蜊即刻把砂吐得乾乾淨淨，然後下苦瓜去煮湯，這道湯苦苦甜甜，非常好喝。

但我最喜歡的還是最家常的黃豆排骨煲苦瓜湯，百喝不厭。更厲害的是用螃蟹了，把螃蟹切開，用豆豉炒它半熟，再將苦瓜切成厚厚一片片，鋪在螃蟹上，先用猛火，再轉文火去燜它一燜，上桌時香味撲鼻，這時想吃苦瓜多過吃螃蟹了。

另一道苦瓜的燜菜，是用石斑扣，所謂扣，是廣東人的叫法，為連在魚肚至魚腸的那個部份，要大尾的石斑才有，大塊苦瓜燜之，一流。

所有的瓜，都適合用來「釀」，客家人的釀豆腐菜中一定有釀苦瓜，把魚肉剁碎製成泥狀，用它來釀進苦瓜中蒸熟來吃。味道要濃，有一秘法，那就是在新鮮的魚茸之中，加入馬友鹹魚茸。

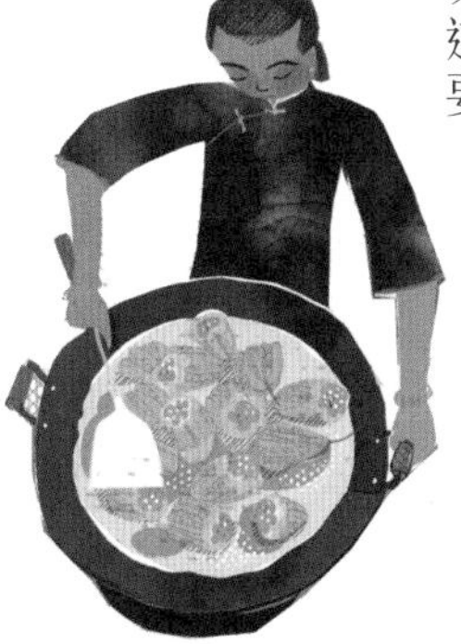

做法數之不盡，當今人流行把蔬菜鮮榨成汁來喝，台灣人老早就有，他們的苦瓜是很特別的白色，叫為白玉苦瓜，榨汁加上蜜糖調味，又甜又苦，白玉苦瓜的苦味不劇烈，很受女性歡迎。

我自己炒苦瓜時，最喜歡一道叫「苦瓜炒苦瓜」的，那就是把苦瓜分成兩份，一份氽水，讓它柔軟，一份就那麼切片去炒，效果鬆脆，當然也得下一把豆豉更好，這兩種不同口感的苦瓜，非常特別，本來嘛，看名就夠特別了。

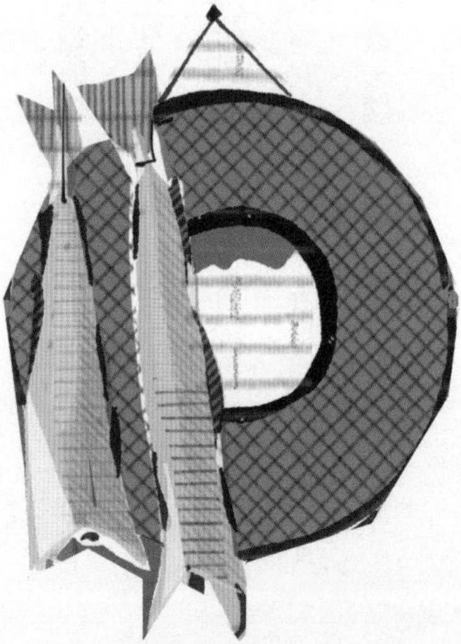

可懸酒肆

聽書的樂趣

丹．布朗DAN BROWN的最近一本小說《起源ORIGIN》在二〇一七年十月初出版，過了幾天，我就讀完。不，與其說讀，應該是聽，當今所有暢銷小說的紙版書一出版，有聲書一定在同時推出。

我一直致力推崇聽書的好處，在美國已經是一宗數百億的生意，但在東方，還是育嬰時期，近來看見曙光，大陸的一個叫《喜馬拉雅》的網站連同廣播電台，已做得有聲有色，擁有很多聽眾，大家都發現在交通繁忙，一阻起車來就是一兩小時的年代，聽書，時間的確比聽流行音樂更加容易打發。

本來，像《起源》這種通俗小說也不是值得怎麼去談它，但到底這本書講的是我心愛的西班牙，尤其是集中在我三十年前住過的巴塞隆納，還有敬仰的建築師安東尼·高地，就請各位容忍我再胡謅一下吧。

作者丹·布朗依照他一貫的手法，利用蘭頓教授這個人物去解開一切的暗號和密碼。故事還是那麼俗套，先選一個博物館的背景，這次是西班牙比鮑爾的古根罕博物館，命案發生了，追着男主角和女主角逃亡，一直被人追殺，到最後回到巴塞隆納的聖教堂結束，情節也不必多加敍述，免得掃大家閱讀時的雅興。

距離成功的《達文西密碼》已經多年，接着的《魔鬼與天使》也多人追讀，更被好萊塢拍成電影，魅力實在不可抵擋，但後來的幾本，歡喜的讀者已慢慢離去，減退了熱潮，丹·布朗也知道這一本新書再不刺激到讀者的話，神話會幻滅的。

所以選中了一個大家都有共同點的題材：宗教和科技，這兩個互相對抗的主題誰會勝利？人類是從何處來的？我們將何處去？

故事的配角選中一個年輕的科技人，他是糅合創立蘋果、臉書或特施拉汽車的一些怪傑形成，恣意立證上帝的不存在，先來一個語不驚人死不休的開頭，而這個人即刻被異教徒開槍打死。

地點就在比鮑爾的古根罕博物館，作者用很多筆墨來形容它，像那隻巨大無比、用植物和花朵做成的狗，和另一隻鐵製的大蜘蛛，沒有看過的人一定感到興趣，到過的也會驚訝，留下深刻印象。博物館中，中國的煙火專家蔡國強的作品也被提到，但輕輕帶過而已，各位要是讀了這本小說而去一遊的話，反而要仔細看蔡國強的作品，那一大群狼，更令人震撼的。

背景一轉，到了巴塞隆納，先去到奎爾花園，那奇特、天真又帶邪

B

氣的柱子、龍和碎瓦，每個到此一遊的人先會感到很怪，後被深深吸引，是怎麼樣的腦筋，令到高地這個建築師做出這些塑像來，是個天才？是個瘋子？相信書出版後必會捲起一個看高地建築的熱潮，大家會捧着這本原作，到高地的各個建築仔細觀看。

這是丹．布朗的最後一擊，如果不成功，引不起讀者興趣的話，今後一定會受到出版商的遺棄，非出盡法寶不可，而選中高地的建築，是聰明的，高地作品永遠看不厭，也是一個永遠解不開的謎。

和其他美國的通俗文化一樣，丹．布朗小說帶來了感官上的刺激，當然是一時的，誰也不相信通俗文化會長遠，正經的讀者和學問研究家永遠地歧視這些東西，但是它會一波又一波地出現，看厭了，拋丟，拋丟了，新的又出來，是沒有價值的，但是，是好看的，在當時。

丹．布朗說，自己寫的東西，像一杯冰淇淋，吃過算數，但他的冰淇淋加了一點營養素，甚麼營養素？培養讀者對博物館的興趣，就是一種很好的營養素。

很巧妙地利用隱藏的符號來解碼，也是丹．布朗的拿手好戲，這是從小培養出來的，他的父親是一個數學家，寫了當今還被當為教科書的多本讀物，他母親是虔誠的教徒，在教堂中彈風琴的。當兒童時，他父母每到聖誕節，在樹上掛的不是禮物，而是一封封的信，打開了就可以找到密碼，在這種環境長大的他，當然可以利用密碼來作引誘讀者看下去的因素，也利用了父母的矛盾，研究宗教和科學的對抗與平衡。

丹．布朗引證了人類最初對大自然現象的不了解而用宗教來解答，像受到天氣影響，就創造出雷神、風神和海神之類的形象，但一一被科學的解答打破，這些神，已經落伍，我們也不會相信了，我們就拋棄了

這些神。

在科技一日千里的今天，我們當然不能再相信人類是上帝在七天之內造出來的。化石的出現，已打破這種傳説，但我們為甚麼還相信宗教？我們相信，是因為我們需要心靈上的慰藉，宗教和科學，是可以共存的。

重提有聲書，金庸聽書有一個App，我又重聽了查先生所有作品，可惜這個App做的並不完善，聽聽停停，尤其是在緊要關頭，氣死人了，去《喜馬拉雅》聽吧，非常流暢，藉此來學國語，好處多呢，還是懶惰的話，聽粵語版吧，也有四川話版等等，總之聽書是很好玩的，各位不妨試試。

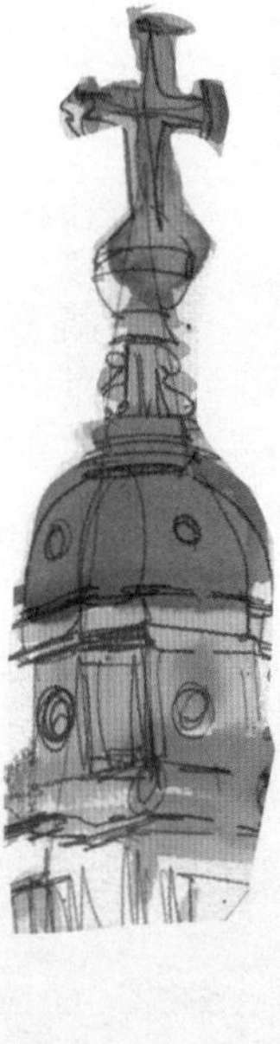

禤紹燦書法篆刻展

禤紹燦兄從小喜愛書法與篆刻。

在一九七五年首次於中環閒逛，遇一途人詢問「文聯莊」於何處，指示之。後來兩人重遇，得知此人叫陳岳欽，新加坡人，來港學習書法，而教篆刻的，恰好是紹燦兄崇拜的馮康侯老師，苦於沒有門路認識。

懇求陳先生介紹，個多月後終於有機會拜見，得馮老師允許。我則是在強登山階段，託家父好友劉作籌先生推薦。紹燦兄的年紀小我甚多，但早我一日拜師，之後便以師兄稱呼。

之前，我們二人先見了面，約好一齊上課。忽然，八號風球，這還不打緊，驚聞老師愛子當天過世，紹燦兄和我不知如何是好。

兩人商量之後，覺得已約好時間，打電話取消甚不恭敬，不去是不行了，上去了至少可以表示我們的哀悼。老師當年家居北角麗池一小公寓，必爬上一條窄小的樓梯才能抵達，兩人也就硬着頭皮進訪。

馮老師身材瘦小，面貌慈祥，微笑着向我們說：「當然上課，我把喪子的悲痛，化為教導你們的力量。」

拿起毛筆，馮老師叫我們寫幾個字，甚麼？毛筆都忘記了怎麼抓，如何寫字。老師看到我為難的表情，安慰說：「不要緊，不要緊，儘管寫就是。」

原來，從學生的字跡，老師即能看出人的個性，字太俗氣，就改變教學方式，令來者知難而退。這是以後我們由數名來學的新生看到的，那時才流出冷汗來。

衕紹燦我叫他燦哥，我的那輩子的人，都會稱呼比我們年輕的人為兄或哥，像世伯劉作籌先生也一直叫我蔡瀾兄一樣。

馮康侯老師說我有點小聰明，衕紹燦勤力，方能成為大器。說得一點也不錯，我還為工作奔波，拍成龍的片子，去西班牙一年，南斯拉夫一年，失去很多向馮老師學習的機會。

而燦哥那麼多年來任職同一家銀行，做的也不是數銀紙的枯燥工作，而是編輯銀行的內部刊物，當然與文化有關。那麼多年來，燦哥上課從不間斷，老師所說的他一一牢記，並作筆記，可以說是一本活字典。馮老師離我們而去，但對於書法和篆刻的一切，由如何執筆、用紙，到怎麼挑選石頭、寫印稿、甚麼叫印中有筆墨等，都留存在燦哥腦海，他本人，已是一個無形文化財產。

記得馮老師的名言：「我臨古人帖，爾等亦臨古人帖；故我們非師徒，同學也。」

向馮老師學的豈止是書法與篆刻，而是做人的謙遜。燦哥當然得到真髓，又配合他胸懷坦蕩的個性，說的句句是真話，與一般書法家有別。

經眾人推舉，叫我為才子，但真正的才子，須精通二十樣功夫。別的不說，列在最前的五項為「琴棋書畫拳」，我就做不到了。燦哥年輕時學習武術與兵器，中年之後更深造螳螂拳及意拳，令我佩服不已。

燦哥曾說，人生快樂，莫過於對書法的熱愛，記得我們從馮老師家中放課後，就到附近的上海館高談闊論至深夜，那種愉悅，我也感覺一二。

上課時，馮老師會將我們學的帖在紙上重寫一遍，讓我們臨摹，像《聖教序》，因集字而失去行氣，經老師重寫，不失原帖神髓，我們更能捉摸到整句的感覺和氣勢，這是一般人讀帖得不到的福氣。

臨摹之後，我們拿去給老師修改，時常被指正，臉紅不已。偶而得到的讚美，是老師在字旁用毛筆畫了一個紅雞蛋，得到了歡喜若狂。

承繼這種教學方法，如今紹燦兄也收弟子，一一圈出紅雞蛋。他家裏留給他的物業，有一間在中環的房子，面積雖小，但如今變賣，也價值不菲，紹燦兄沒這麼做，當成教室，把學問傳給年輕人。

偶爾，學生們上課時我也跟着上課，到底要向紹燦兄學的還是很多。當今，我已榮昇為師叔，年輕人都口口聲聲地這麼稱呼，要我表演兩手，我嚷說只會教壞子弟。

紹燦兄上課時，耐心地解釋每一個字的出處，由於他學篆刻，得精通各種文字，從這個字的甲骨、鐘鼎、封泥、大小篆，如何演變到今天大家熟悉的楷書，令學生得益不淺。

「通過對學問和知識的追尋，得到不能形容的快樂和滿足。」紹燦兄說：「書法是一條孤獨的道路，但書寫時好像在撐艇，整身擺動，舒服無比。本人治學，六十年如一日，永遠認為藝術是神聖的，永遠不以此作為手段。」

學生之中，有一個我介紹過去的，叫李憲光，他也叫我教幾句，我說：「燦哥也說過：對任何學問，先由基本做起，不偷工減料，便有自信，再進一步學習，盡了自己的力量，不取寵，不標新立異，平實樸素，就自然大方，我們腳踏實地，我們便有根，不用去向別人證明我們懂得多少，那個沒有後悔的感覺，是一個多麼安詳的感覺！」

燦哥的展覽會叫《心手相師》禤紹燦書法篆刻展，日期：二〇一八年二月十一日至十五日，地點：香港大會堂低座展覽廳。

不容錯過。

日文書序

到了出國留學的年齡，母親問我決定去哪裏？一向對繪畫有濃厚興趣的我，當然要求去巴黎，媽媽一聽直搖頭：「不行，不行，你那麼愛喝酒，去了一定變成酒鬼！」

不去就不去，那麼去日本吧，我說。當年日本電影中，出現的石原裕次郎和小林旭片的銀座，燈光最燦爛，令人嚮往！

好，家母說：「至少日本人也吃白飯，你去那裏，我放心。」

嘻嘻嘻嘻，她沒有想到的是米也能釀造，有種叫清酒的東西。

來到東京，每天躲在戲院中，把《紅之翼》看了又看，至少看過

一百遍，日文，順理成章地流利起來。一面唸書，一面工作，當了邵氏公司的駐日本代表，主要工作是買電影版權，配上中文，在東南亞上映，我選的座頭市片集，賣個滿堂紅。

日本人有款待生意對象的傳統，我雖然是一個年輕小子，但買的片子越來越多，日本五大公司和外國部長，甚至他們的老闆，像松竹的城戶先生、大映的永田先生都很喜歡我，常請我吃飯，對日本料理的認識，從此培養。東映公司旁邊的次郎壽司，更是家常便飯。

那是電影的黃金時代，觀眾對新戲有永不滿足的需求。製作費變成不是第一件要考慮的事，香港電影的劇本，一遇到有下雪的場面，就跑到日本來拍外景，工作上一切的安排，由我負責，結交了許多優秀的工作人員。

當年要求的是量，而不是質，香港電影一般要六七十個工作天才能

完成，我就向邵逸夫先生提出，不如整部戲來日本拍，這裏平均的速度是二十個工作天。我們開始由香港派來三四個主角，其他都用日本人完成，結果拍了多部香港片。

在日本這麼一住，就住了八年。離開後我前後擔任邵氏的製片經理、嘉禾的製作副總裁。電影之外，我也開始在報紙上寫專欄，以我的旅行和飲食及喝酒為主題，這些每天的專欄，也聚集成書，幾十年下來，一共出版了兩百本以上。

賣成龍電影的版權，和富士電視結上緣份，間中也由我監製，和富士合作了《孔雀王子》等片子。

富士電視請了香港的樂隊Beyond上節目時，發生了意外，主唱的黃家駒由舞台跌落死亡，富士很負責地來香港替他安排葬禮，他們人生地不熟，一切善後事也都拜託了我去辦。

後來富士拍《料理的鐵人》香港篇，也請我去當評審。我一向有甚麼說甚麼，不太有顧忌，在日本人看來是較為特別，也給了我一個「辛口」的綽號，得到觀眾的讚許。甚麼時候，實話變成辛口？也是好笑的事。

之後一些重頭的比賽，像從外國請來名廚時，也特地把我從香港飛去當評審，因此結交了許多飲食界的朋友，當大家知道我不拍電影，轉成舉辦美食旅行團時，也給了我很多的協助。

間中我也主持過香港的美食節目，到世界各地去，拍得最多的，還是日本，因為我對日本最為熟悉。記得早期的北海道，是日本人在夏天才去的。冬天大雪，他們看慣了，也就不感興趣。

我的電視節目，第一個去的就是雪中的北海道，找到定山溪的一個大露天溫泉，雖然不是男女共浴，但為了節目好看，和一群美女去浸，結果大受觀眾歡迎，國泰航空公司本來停止直飛的航線也恢復了，從此變為中國人最喜愛的觀光地之一。

從此開發了岡山縣的吃水蜜桃、山形縣的清酒、福井縣的螃蟹、新潟的新米等等旅行團，吃的住的都是第一流的，結識的朋友也越來越多，他們都知道我也出版過著作，但從來沒有機會看過。

前年，我接到通知，替我日本辦公事的秘書市川榮因病逝世。她是一位很愛看書的人，尤其是散文作家的書，而我寫的亦是那些隨筆，為甚麼於她在世時，沒有機會讓她看一看？

還有一位好朋友羽仁未央也走了，她一直向我提起應該把我的書翻譯成日文出版。這令我下了決心，當認識多年的角川書店老闆角川歷彥來港時，我向他提出這個願望，角川先生和我吃飯時我常說一些我旅行中的趣事給他聽，弄得他哈哈大笑，所以對我的文章有一定的信心。他

一聽即刻叫好，説書名就叫《給我的日本朋友》好了。接着來的問題是由誰來翻譯，我一想就想到新井一二三。

日本人之中，能講流利的中國話的很多，但是能寫的，就少之又少了。新井一二三本身就是一位很優秀的作家，出版過多本日文書，以中文寫作的更多，當今在大陸和台灣都有名氣，這工作交給她最為恰當。我告訴她，請她在翻譯時做大刀闊斧的修改和潤色，這才是翻譯的精髓。

另一位很重要的，是我在留學時結交的村岡久美子，她是位長居法國的詩人，最近驚聞她的記憶力衰退。在這本書出版時，我將親自拿一本到她當今寄居的休養院給她一讀，希望她能記得起我這個老友。

謝謝各位的閱讀，我的書能夠輕輕鬆鬆地看完。在中文的出版界中，從不屬於正經和嚴肅的書籍。有記者問我怎麼歸類，我笑着説：

「上洗手間時，剛好一次看一篇，如果吃了泰國的辛辣料理，就看兩篇，叫為廁所文學好了。」

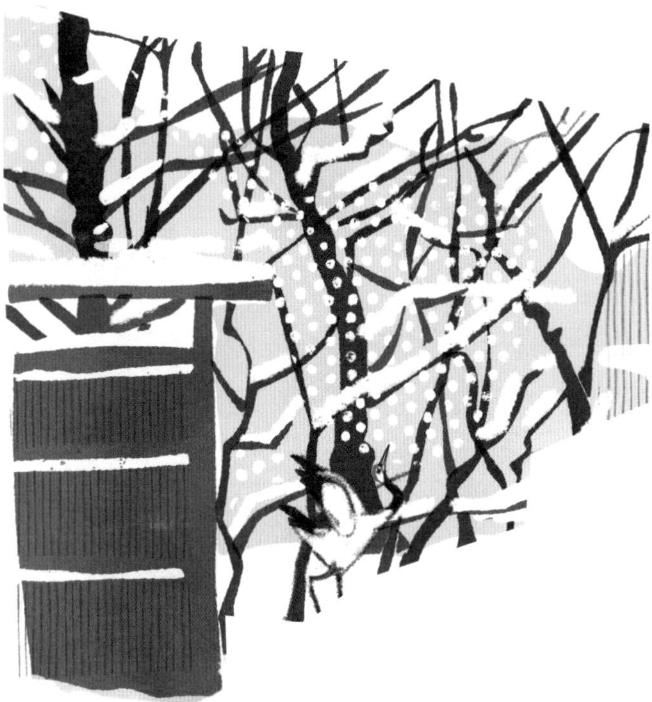

可懸酒肆

與「榮寶齋」由製作《用心》二字的木版水印而結緣，在二〇一七年底於他們的北京展覽廳舉行了我的行草展，獲大家愛戴，全部售罄。再接再厲，二〇一八年的春天，又在香港的榮寶齋再來一次。

為了求變化，我向香港榮寶齋的總經理周伯林先生提出，不如與蘇美璐一起舉辦，周先生表示贊成，展名順理成章地叫為「蔡瀾蘇美璐書畫聯展」。

蘇美璐和我的合作，不知不覺之中已經三十年，連她的英國兒童書籍出版商也覺得是一件很難得的事，當今她在國際間的名聲甚響，《紐約時報》記載過：「蘇美璐作品充滿光輝，每一幅都像日出時照透了彩色玻璃……」

她的插畫獲得無數獎狀，尤其是一本叫《Pale Male: Citizen Hawk of New York City》的，描述紐約的老鷹如何在石屎森林中驕傲地活下去的，圖文並茂，值得收藏。

好萊塢奧斯卡影后Julianne Moore的兒童書《我的母親是一個外國人，但對我不是My Mom Is A Foreigner, But Not To Me》，也指定要蘇美璐為她插畫。

這回聯展，我自己六十幅文字，選了她六十幅圖畫，都是以前我寫過的文章中出現過。我每次看自己的專欄時，先看她的畫，總覺得畫比文字精彩，當今各位有機會買到一幅。

至於我的字，看過師兄禤紹燦先生之前舉行過的展覽，各種中國字

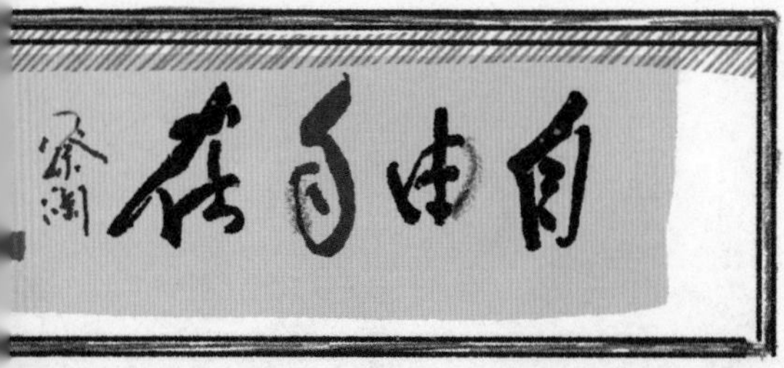
自由自在
蔡瀾

活在當下
蔡瀾

的形態都精通，數百幅字洋洋大觀，實在是大家。我越看越慚愧，只能用我寫慣的行草作字，其他的大篆小篆和鐘鼎甲骨等，一概不通。

能夠有機會做展覽，也拜賜了我在其他方面的聲譽，尤甚飲食界，有很多人要我替他們的商店題字做招牌。我是一個商人，見有市場，就坐地起價，最先是幾千塊一個字，漸漸漲到一萬，接着就是翻倍，一翻再翻，當今已是十萬人民幣一個字了。

餐廳通常以三個字為名，共收三十萬，對方也是商人，也會精算，花三十萬買個宣傳，不貴也。所以越來越多人叫我寫，看樣子，又得漲價了。

本來書畫展都有一個別題，像紹燦兄的叫為《心手相師》，如果要我選一個副題，我一定會用「可懸酒肆」四個字。

的確，我的字都是遊戲，尤其自娛，在寫題下款時，很多書畫家喜用某某題，但是我寫得最多的，是「墨戲」這兩個字。對於我，每一幅都是在玩。

也許是抱着這個心情，我可以放鬆自己，寫自己喜歡的句子，絕對不會是甚麼「聖人心日月，仁者壽山河」那麼古板，也不會「豈能盡如人意，但求無愧於心」那麼玄奧，更非常之討厭「業精於勤荒於嬉」之類的說教。

時常想起的是丁雄泉老師的畫，並非畢加索名作，但充滿令人喜悅的色彩，掛在家中牆上，每天讓看的人開心，我要的，就是這種感覺。

把幽默注入在古詩之中如何，「思君令人老」為上句，下句我是「努力加餐飯」，即刻有趣了。

簡單一點，用兩個字或三個字的也耐看，之前寫的「開心」最多人喜歡，「無妨」也不錯，「別管我」和「不計較」，狂妄一

點，來個「不睬你」、「管他呢」和「誰在乎」。

一個字的，我最愛「真」和「緣」。以前在書展時，有人要求寫個「忍」，我問對方：「你結婚多少年了？」

回答：「二十年。」

我說；「不必寫了，你已經是專家。」

與其寫「隨心所欲」，我在北京時常聽到他們的四個字「愛咋咋地」，也很喜歡。

長一點的，大幅的，寫草書「心經」。草書少人看得懂，但《心經》人人會唸，每一個字都熟悉，細看之後說：「啊，原來這個字可以這麼寫！」

另外有黃霑的《滄海一聲笑》和《問我》《獅子山下》，更是每一個香港人唱得出的歌詞。

每次去看書畫展，有些自己喜歡的，但都覺得太貴，基於此，這次也同上回書展一樣，出一本印刷精美的紀念冊。我的生意拍檔劉絢強開印刷公司，擁有最先進的ＨＰ印刷機，加上他公司的杜國營是個要求完善的設計家，會製作兩種，用精美的紙張印刷一種精裝，一種平裝，各位都可以隨手拿回一冊。

蘇美璐為這次展覽畫的海報亦在現場出售，加上各種書法的衍生品，如瓷製印刷等，都平易近人。

展覽在二〇一八年三月二十八號星期三開到四月三日星期二，於中環長江中心三樓的「香港榮寶齋」舉行，請各位有空來逛逛。

書畫展點滴

香港榮寶齋《蔡瀾蘇美璐書畫展》，從二〇一八年三月二十七日至四月三日為止，圓滿地結束了，我拍了一張照片在社交平台發表，字句寫着：「人去樓空並非好事，但字畫售罄，歡樂也。」

邀請函上說明為了環保，不收花籃，但金庸先生夫婦的一早送到，王力加夫婦一共送兩個，陳曦齡醫生、徐錫安先生、師兄禤紹燦、沈星、還有春回堂的林偉正先生、成龍和狄龍兄也前後送到，馮安平的是一盤胡姬花，最耐擺了。

倪匡兄聽話，沒送花，但也不肯折現，撐着手杖來參加酒會，非常

難得，他老兄近來連北角之外的地方也少涉足，來中環會場，算是很遠的了。

酒會場面熱鬧，各位親友已不一一道謝，傳媒同事也多來採訪，為了國內不能參加的友人，我在現場做了一場直播，帶大家走了一圈，親自解說。

記得馮康侯老師曾經說過，開畫展或書法展也不是甚麼高雅事，還是要說明給到場的人字畫的內容，這和推銷其他產品沒甚麼分別。

照了X光，醫生說可以把那個鐵甲人一般的腳套脱掉，渾身輕鬆起來，加上興奮，酒會中又到處亂跑，腳傷還是沒有完全恢復，事後有點痠痛。

再下去幾天，就不能一一和到來的人一齊站着拍照了，乾脆搬了一張椅子在大型海報前面，坐着不動當佈景板，朋友們要求，就不那麼吃

滄海一聲
榮寶齋
榮寶齋

力。

合照沒有問題，有些人要直的拍一張，橫的拍一張，好像永遠不滿足。他們都很斯文，有的人樣子看起來很有學問，但是最後還是禁不住舉起剪刀手，他們不覺幼稚，我心中感到非常好笑。

已經疲憊不堪時，其中一位問我站起來可不可以，我就老實不客氣地：「不可以！」

自己的字賣了多少幅我毫不關心，倒是很介意蘇美璐的插圖，又每天寫電郵向她報告，結果頗有成績。我自己買了三幅送人，一幅是畫墨爾本「萬壽宮」的前老闆劉華鏗的，蘇美璐沒見過本人，但樣子像得不得了，另一幅是畫「夏銘記」，還有上海友人孫宇的先生家順，應該是很好的禮物。

自己的字，有一幅覺得還滿意的是「忽然想起你，笑了笑自己。」

第二個「笑」字換另一方式，寫成古字的「咲」，很多人看不懂，結果還是賣不出，至到最後一天，才被人購去了，到底還是有人欣賞。

寫的大多數是輕鬆的，只有一張較為沉重：「君去青山誰共遊」，有一位端莊的太太要了，見有兒子陪來，我乘她不在時問為甚麼要買這張，回答道家父剛剛去世，我向他說要他媽媽放開一點，並留下聯絡，心中答應下次有旅行團時留一個名額給她。

鍾楚紅最有心了，酒會時她來了一次，過幾天她又重來，說當時人多沒有好好看。當今各類展覽她看得多，眼界甚高，人又不斷地自我修養求進步，一直是那麼美麗，是有原因的。

想不到良寬的那一幅也一早給人買去，來看的人聽了我的說明，感謝我介紹這位日本和尚畫家，其實他的字句真的有味道，下次可

以多寫。

張繼的那首膾炙人口的詩，並不如他的另一個版本好，所以寫了「白髮重來一夢中，青山不改舊時容；烏啼月落寒山寺，倚枕仍聞半夜鐘。」也有人和我一樣喜歡，買了回去。

來參觀的人有些也帶了小孩子，我雖然當他們為怪獸，絕對不會自己養，但別人的可以玩玩，然後不必照顧，倒是很喜歡的。好友陳依齡家的旁邊有一家糖果店，可以印上圖畫，問我要不要，我當然要了，結果她送了我一大箱的圓板糖，一面印着「真」字，一面印着一隻招財貓，一下子被人搶光。

那個「真」字最多人喜歡的，我也覺得自己寫得好，一共有兩種，一是行書、一是草書，賣光了又有人訂，一共寫了多幅。我開始賣文時，倪匡兄也說過：你靠這個「真」字，可以吃很多年。哈哈。

對了，賣字也要有張價錢表，古時古人書寫叫為「潤例」，鄭板橋的那幅寫得最好，好像已經沒有人可以後繼了，結果請倪匡兄為我作了一篇，放大了擺在場內，可當美文觀之。

這次書畫展靠多人幫忙，才會成功，再俗套也得感謝各位一下，最有功勞的當然是香港榮寶齋的總經理周伯林先生和他幾位同事，他們說沒這麼忙過。在今年公司會搬到荷李活道，給個固定地方賣蘇美璐和我的字畫。

宣傳方面，葉潔馨小姐開的靈活公關公司也大力幫了很多忙，在此致謝。

最感激的是各位來看的朋友，過幾年，可以再來一次。

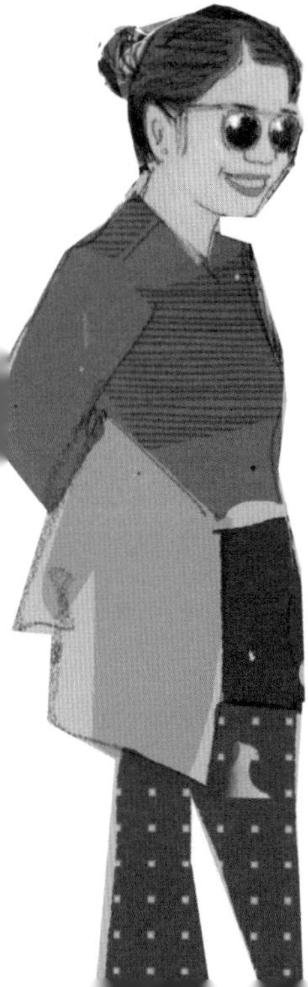

蘇美璐問答

蘇美璐在歐美插圖界聲名越來越響，各報紙雜誌爭着做訪問，有的甚至老遠地跑到她居住的小島，真是難得，在眾多問答之中選了數則，彙集起來，節譯如下：

問：「你喜歡用甚麼畫具作畫？」

答：「我多數用水彩，有時也用彩色鉛筆。劃粗線時，我用一枝又肥又胖的德國筆，名字叫『顏色巨人』。」

問：「彩色或黑白，有沒有特別喜歡？」

答：「兒童畫都是夢，用色彩色多；畫人像是現實，就用黑白。」

問：「你有甚麼忠告給年輕的插畫者？」

答：「畫一本兒童書，就像拍一部電影，你必須仔細挑選角色，有時自己也要扮演說故事。如果你是一個好導演，你必須把故事講得通順，而且要讓觀眾猜不到結果。」

問：「當你作畫時，有沒有預定是畫給哪一個年齡層的讀者去看？」

答：「沒有分別。我看到的所有兒童都是大人，而所有大人都是兒童。」

問：「你在哪裏定居？」

答：「我住在一個叫Cullivoe的地方，那是蘇格蘭北方的Shetland的一個小島。」

問：「你可以告訴我怎麼走上插圖這一條道路上的？」

答：「當我離開Brighton學院時，我有緣份遇到了一個經紀人，他問我喜歡甚麼故事來繪畫，我那刻想到安徒生童話的《皇帝和夜鶯》，因為我覺得這故事很有中國味道，結果他說服了英國的出版商Frances Lincoln為我出版了這部兒童書，之後我為雜誌和廣告作畫多年，直到我遇到了Jack Prelutsky，他叫我為他的詩集作插圖，接着我便集中精神在兒童書這方面了。」

問：「如果有讀者想知道更多關於你的事，去哪一個網站找最好？」

答：「www.meiloso.com/wordpress。」

問：「你有沒有去學校做關於插圖的講座？發生過甚麼趣事？」

答：「在Shetland這個島上，有父親把職業傳給兒子的傳統，我上次去島上的一間小學演講時，有個學生問我當我死後，可以不可以把插畫

這門職業傳給他。」

問：「有甚麼未來的計劃嗎？」

答：「我自己有一家叫So & Co Books的出版社，這是全英國最北部的出版社，我們已經出版了兩本書，由Janice Armstrong寫文字，我自己插圖，我們的第三本書想寫一個島上的巴士司機，駕着車旅行到古時候去。」

問：「當你為一本書做插圖，是怎麼開始的？」

答：「我多數是反覆地把故事想了又想，在腦中存了一段很長的時間。我喜歡用各種不同的畫風去插圖，一面做其他事，一面想怎麼去畫，像散步的時候，洗衣的時候或烘麵包的時候，等到我坐下開始插畫時，我已經知道自己會怎麼去做。」

問：「你可以形容一下你的工作地點嗎？」

答：「我在海邊有一間小屋，我把它叫為『天堂』，牆是漆成紅顏色，屋外養有一群雞。我的工作間擺放很多中國的東西，二胡等樂器，書籍和一座電腦，我有一張很高的木頭桌子，是位當地的木匠為我做的，讓我可以站着作畫。」

問：「在早期甚麼書籍或圖書影響了你？」

答：「我小時愛讀翻譯成中文的《一千零一夜》、《塊肉餘生記》、《頑童歷險記》、《金銀島》和《簡愛》等經典，最糟糕的是我到現在還沒有看過原文。」

問：「你在作畫時聽甚麼音樂？」

答：「我有一九五七年灌錄的原版《西城故事》，我也聽第三電台Radio3的古典音樂，巴哈的Partita For Keyboard很能讓我的思路飄逸。」

問：「你最希望訪問者問你甚麼問題？或者想要他們做些甚麼？」

答：「我最希望訪問我的人叫我為他們畫人像，還想他們付錢買下來。」

問：「你最喜歡的單字是甚麼？」

答：「Cantabile。流暢的，像唱歌一樣的。」

問：「最不喜歡的單字？」

答：「趕緊。」

問：「甚麼東西會刺激你？」

答：「一陣香氣。」

問：「甚麼東西會令你反感？」

答：「一陣臭味。」

問：「你最喜歡聽到的是？」

答：「我爸媽在床上聊天。」
問：「你最討厭甚麼聲音？」
答：「貓兒打架。」
問：「除了繪畫，你想做甚麼職業？」
答：「麵包師。」
問：「你最不想做的呢？」
答：「股票行經紀。」
問：「如果有天堂的話，你要上帝為你做甚麼？」
答：「唱一首歌給我聽吧！」

歡樂墨西哥

歡樂墨西哥

我們旅行，目的地愈來愈刁鑽，當今到冰島或挪威看北極光好像也是平常事了。更偏門一點，跑到秘魯去，爬上馬丘比丘。

既然要到那麼遠，我覺得還是去一些吃得好的地方，何處覓？墨西哥也，今後一定能成熱門旅遊勝地。

並不難，飛去加州，再轉機，一下子就到了，當年我為了找拍攝的外景，幾乎跑遍南美洲，但就沒有一個國家比墨西哥更歡樂。

一下飛機就聽到音樂，街頭巷尾都可以遇見流浪樂隊，叫MARIACHI，通常是四五個人一組，彈結他，吹喇叭，拉小提琴，每一

個都能唱，而且唱個不停。

樂隊多了，競爭也劇烈，價錢調得很低。先到某市場走一趟，聽到唱得好的，或者女士們認為是英俊瀟灑的，就可問多少錢，墨西哥人有樂天和疏散的個性，懶得和你討價還價，你會覺得他們的要求很合理。

如果你連找也嫌煩，請酒店介紹好了，他們推薦的一定有水準，然後僱一輛九人小巴士，把樂隊載在後面，司機兼導遊會帶你各處去。一路上樂隊唱個不停，也不是你完全不熟悉的歌，很多名曲，都是以西班牙語唱的。

見他們唱個不停，樂隊唱個沒完沒了，自己也想露幾手，但是一生人沒有碰過任何樂器，除了收音機之外。不懂得，不要緊，去市內的MERCADO DE ARTESANIAS LA CIUDADELA逛逛，這是一個巨大無比的市場，甚麼東西都有，先買一個土琴。

Fiest

土琴是有七八根弦，不會彈怎麼辦？不要緊，不要緊，隨琴送你一張紙，只要插入，便可以依照紙上的黑點彈起來，笨蛋都會。忽然，你便奏出一首《甲由LA CUCARACHA》，是一首一聽難忘的墨西哥民謠，歌詞也非常荒誕：「甲由呀，甲由，已經不會走路了，因為牠已經抽完大麻，甲由剛剛死掉，現在有四隻兀鷹，找一隻老鼠當葬禮司儀，把牠拖去埋掉！」

在這個市集中，沿途可以買到又便宜又漂亮的紀念品，像墨西哥的大帽子、各種彩色繽紛的背包、玻璃、陶瓷器，藝術性比其他南美洲國家還高。最實用，還是一件披肩，說是披肩，其實只是一張大被，摺成兩半，中間剪一個洞，給你把頭套進去，即刻能夠禦寒。當年我買的那一件，用到現在，每遇寒冷天氣，就從衣櫃中取出來，用完了洗，當今還像新的。

市集中有更多的小販檔口，多數賣玉蜀黍，先煮熟，再放在炭上烤得香噴噴地甜蜜蜜地，令人抗拒不了，看到走過的人手上都有一根，拼命啃。

粟米是當地最主要的食材，磨粉後做成餅，一片片地，有個土機器在烤，一片燒下又一片。最初以為沒甚麼了不起，咬一口，香呀香，從來沒有吃過那麼香的餅，印度的薄餅要走開一旁。用這塊餅，就可以包各種餡了，這一堆是肉，那一堆是烤甜椒。怎麼叫，都只要幾個披索，合算自己的貨幣，大家又歡樂了。

紀念品太俗了，要高雅一點嗎？去市內的FRIDA KAHLO美術館吧，欣賞這位一字眉的女畫家一生的作品，再追索到她的情人DIEGO RIVERA的壁畫，真是氣概萬千，一幅幅巨大的作品，讓你感動。

沒有那麼清高的話，也有一個色情美術館，你可以看到自古至今的

各種生殖器造型，性交的姿勢，要有強大的幻想力才能創造出來。

還是買些值錢的東西吧，墨西哥城的附近小鎮TAXCO是一個產銀的地方，各種銀器，有些是精細得令人嘆為觀止，貴是貴了一點，但比起大家搶購的世界名牌，又讓你笑了。

要浪漫吧？有一個水鄉叫FLOATING GARDENS OF XOCHIMILCO，那裏有幾百艘名副其實的「花艇」，畫滿了花，插遍了花，每艘艇都以女人為名，甚麼瑪麗亞，甚麼瑪格麗坦，當然還有一艘叫BEYONCE。

人跳上，樂隊也跳上，坐在船尾，讓你一面遊河，一面聽到甲由呀，甲由呀！LA CUCARACHA! LA CUCARACHA！牠們抽不到大麻，就死了！

記得最清楚的，是當年看到煙花，想買回來放，當地朋友阻止，說：「那是死人時，才放的！」

原來死亡也可以當成歡樂，那邊的人多短命，死，是日常的事，也沒甚麼可以悲哀的，大家買煙花回來放。所以有了十一月的死人節，大舉慶祝，墨西哥人不太會做生意，沒想到這種節日可以吸引大量遊客，前些時候的零零七電影中重現，才重新把這個節日組織好，有興趣的話，等明年去狂歡一下吧，吃個白糖做的骷髏頭，灌他一大瓶龍舌酒。

甚麼？龍舌酒也好喝？那年我離開時，工作人員每人掏出一點錢，買了一瓶GRAN PATRON PLATINUM TEQUILA給我，拿去三藩市，倪匡兄的家，打開了，香氣撲鼻，兩個人，一下子，就把它乾了。

墨西哥，萬歲！快去歡樂一下吧，美國人不懂，還要建棟牆阻止。笨蛋，像甲由一樣死吧！

新潟吾愛

愛上日本的新潟縣，去過之後一連寫了三篇《新潟之旅》的報告，甚為詳盡。後來再去幾次，發現說不盡的好處。

日本一共有四十三個縣，而新潟，原來是最少遊客去的。越未被開發，越保留住傳統，如果想深入地觀察日本的人文地理，新潟縣是最佳選擇。

遠嗎？一點也不遠，從東京車站乘上越新幹線，不到兩小時便能到達。新潟是一個又長又窄的地方，從南到北也有一段距離，如果從東京去，建議在「越後湯澤」這個站下車，先遊「南魚沼」，回程則從「新潟驛」這個大站上車，最為理想。

在東京乘早上的車，十二點就能到「龍壽司」吃午飯了，我相信香港人已經把日本最好壽司店吃遍，也將它們引進到香港，但我保證，大家還是沒有吃過全日本最好的這家「龍壽司」，我說日本最好，也就是全世界最好的了。

大家以為新潟是產菜的地方，只是山中野味好吃，其實新潟的海岸線很長，各種海鮮都是野生的，尤其是來自佐渡這個小島。「龍壽司」的老闆佐藤是一個味覺藝術家，對食材的要求極高，海膽一定用特別木盒（比一般木盒大一倍，四方形的）裝的雲丹中之極品，他說：「客人會欣賞，我們當然要拿最好的出來。」

後來，日本人也知道有這麼一家壽司店，傳媒陸續而來。鄉下地方，鄉下老闆，也不會亂加價，去過吃過，沒有一個人反對我的意見，

口味這種事，很難用筆墨形容，還是親自去嘗試一下吧，單單為了這頓壽司走一趟，已是值得。

日本的藝伎除了京都之外還有山形縣，但是傳統保留得最好，歌舞伎最正宗的，還是新潟。在新潟市市內有一條佈滿酒吧的花街，「鍋茶屋」夾在中間，是間有三百年歷史的藝伎屋，可以在屋內吃一頓很正宗的山瑞鍋，野生的甲魚，已很難尋，加上藝伎的載歌載舞，為此一行，亦值。

這地方是我一個當地朋友早福岩男介紹的，他是一家釀酒廠的二世祖，一生不務正業，整天和藝伎鬼混，有他的推薦，「鍋茶屋」當我是熟客，招呼好得不得了。所花的也只是京都的四分之一左右，太物有所值了。

就在新潟市內不遠的三條市，可找到專做銅器的「玉川堂」，日本皇室用的銅器都是他家的製品，用錘子在一片銅上仔細敲，所做的茶壺花瓶，精美得不得了，去過的朋友都覺得便宜，很有收藏的價值。

新潟古時被大雪封閉，產生的匠人也特別多，像鑄劍給武士的，當今改為製刀廠「庖丁工房Takafusa」，買一把精緻的廚刀，也不是很貴。我這次去，又找到一家專門做筷子的，叫「圓直」，所做的精美筷子，可以用一生一世，用的是木材中的鑽石「蛇木snakewood」，我在廠內發現了一枝蛇木手杖，即刻買下，當今的掌櫃是第四代傳人。

多次的新潟旅行，拜賜於一位新潟觀光局的要員玉木有紀子，她對新潟無所不曉，跑到我下榻的東京半島來找我，拚命介紹新潟的好處，結果我給她的熱誠打動，才到這個觀光客最少的縣份來。到達之後，所見所聞所吃，都是第一流的東西，真是感謝她。當今我的旅行團已組成，但玉木有紀子已被政府派到其他部門去了，功勞已不屬於她，雖然

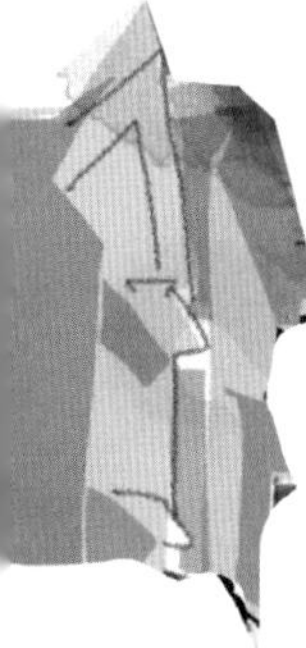

如此，她還是不斷細心地介紹，我一有問題即刻向她提出，她也馬上用臉書回覆，我們兩人，成了好友。

另一位幫我很大忙的是魚沼市的觀光局主管平賀豪，他每天在臉書上鋪一些新潟美好的照片，我也樂意轉發。平賀豪帶過我去看「雪曬」，是把布鋪在雪地上用ozone來洗濯的最天然古老的方法。「龍壽司」也是他介紹的，也有「丼」品的海鮮飯，便宜得令人發笑。農曆新年我再去時，他會帶我去雪藏，是間像愛斯基摩人建的雪屋，一定好玩。我很信任平賀豪，他推薦的都是美好的東西，此君非池中之物，新潟觀光局要懂得好好珍惜。

離開「龍壽司」不遠，就是早就聞名於香港的日本清酒「八海山」的釀製廠了，當今建成一座比法國酒廠更摩登更漂亮的建築，客人可以看到整個自然環境之中釀酒的過程，一般日本清酒只能存一年，它可以利用雪山的冷度，收藏三年才推出市面，非常好喝。

為了慶祝二〇二〇日本辦的奧運，八海山也釀了一種用米做的發泡酒，是米中香檳。但一般燒酎都是用玉米或番薯做的，八海山用米釀的叫「万萬」和「宜有千萬」，久藏於木桶中，濃厚得很，酒精度數極高，喜歡威士忌的人會愛喝。

主管八海山的營業經理叫勝又沙智子，她和一班新潟的職業婦女志願地出來招呼遊客，叫為「女子力」，較藝妓們的層次又高出許多。

至於新潟的旅館，當然有「有形文化財」的嵐溪莊，這是日本隱秘溫泉之一，或者是古色古香的「龍言」，但最適合香港人住的還是「華鳳」，二十多年前我來住的時候還是一片大稻田之中企立的一家高樓，現在已有新座，叫「越之里別邸」，每間房都有私家溫泉，高級得很，大家去新潟吧！

旅遊寶藏新潟

每年農曆新年的旅行團，依例舉行，有些人初一那天得陪父母，有些沒子女的要求我陪過除夕夜，故分兩團進行。老友廖先生說不知不覺，已跟了十九年了，我見他的兒子長大、結婚、生子，時間過得真快。

今年新年去了新潟，入住的「華鳳」旅館，當今已建了新館，美輪美奐，每一間屋皆有私家露天風呂，浸個痛快，晚飯時由「八海山」運來一大木桶清酒，又有數名新潟藝伎助興，其中一個叫「葵Aoi」的最紅，不但舞藝精湛，還是一個大酒豪，啤酒、日本酒和威士忌，一大杯一大杯灌，把一群男子漢都喝得醉倒地上，她本人還是若無其事笑嘻嘻。

因為腳傷行動不便，我在第一團回了香港，第二團未到達有兩天空閒，本來應該好好休息，但天生勞碌命，還是到處亂跑。

帶路的是玉木Tamaki女士，她本來在新潟觀光局任職，最初被她的誠意打動才研究新潟行程，結果發現了這個寶藏，當今她離開觀光局，還是熱心地帶我各處找新的景點。

我們去了一個叫岩室的溫泉鄉，那裏有家叫「夢屋Yumeya」的小旅館，高級幽雅，端莊親切的老闆娘武藤真由熱情款待，全館只有十一間房，私家露天風呂泉質潤滑，晚餐和早飯都極為可口，以後人數少時來新潟，值得下榻。

地址：日本新潟市西蒲區岩室溫泉905之一

電話：+81-0256-82-5151

來到岩室這個地方，就可以過去參觀「良寬紀念館」了。良寬（1758-1831）是位高僧，書法和詩歌皆佳，一生苦行，自由自在，不寄居寺廟，只在田野與兒童嬉戲，時常與他們踢毽子。為兒童們在風箏上寫的「天上大風」是流傳最廣的，看到弘一法師的「悲欣交集」，就會想起良寬的那四個字。

良寬的漢文根基極強，所書詩句亦符合中文平仄，詩曰：「生涯懶立身，騰騰任天真。囊中三升米，爐邊一束薪，誰問迷悟跡，何知名利塵。夜雨草庵裏，雙腳等閒伸。」另一首《乞食》亦佳：「十字街頭乞食了，八幡宮邊方徘徊；兒童相見共相語，去年癡僧今又來。」在臨終前，更寫了《絕命詩》：「秋葉春花野杜鵑，安留他物在人間。」

關於良寬，津津樂道的有他晚年的羅曼史，當年有位學問高深的尼姑叫貞心尼，極貌美，非常仰慕良寬，相見時她二十九，良寬七十，兩人互寫詩歌交往。貞心尼生病時良寬寫給她的慰問詩，當今還保存在博物館中。

回程經波濤洶湧的日本海，新潟地形又長又狹，一面臨山，種稻米，一面臨海有極豐富的魚蝦，還可以從這裏乘船到一個叫佐渡的大島，那裏有金礦，海鮮更是聞名，這次沒有時間，只有留待下回探路。

旅行團中有帶小孩子的團友，令我想起香港小孩沒機會接觸大自然，甚為可憐，其實可以帶他們來看一大片一大片金黃稻米的收割，同時嚐到新米的香味，是畢生難忘的經驗。

從東京來到盛產大米新潟的南魚沼，乘新幹線不過是一個小時四十分鐘，還可以親手試做各種飯團，沾上紫菜和包上鮭魚，做成種種可愛的造型。

海邊的一家大型旅館，吃住價錢都很合理，兒童們可以親手拖網捕魚，再將海鮮拿去燒烤，也是一個非常好的節目。接着放風箏，或大點煙花，在日本是隨時隨地允許的。

夏天時可採巨大又香甜水蜜桃，或乾脆到田裏捧一個甜西瓜回去。在樹林中有各類的山菜，像出自侏羅紀時代的蕨菜。林中更能捕捉蝴蝶及昆蟲，或採摘各類菰菌，當然全是有機的，拿回來鋪在小陶缽上蒸出來的香菰飯，十分值得回味。再組織一個集會，與日本小朋友交流。

來新瀉可以住個三四天，比去甚麼迪士尼樂園不知好多少，行程我都安排好，一家大小都能參加，一齊樂融融度個畢生難忘的假期。

接着我又去自己最喜歡的小千谷，拜訪了織布大師小田島克明，小型紡織廠有僅存的工匠，一條條的麻線用手工揉得像頭髮般細，織出的布料薄如蟬翼。小田島先生說年紀最大師傅今年已經病卧，其他的匠人都七老八老，年輕人又不肯學，這種獨特的工藝，到他這輩子，將會成為絕響。我買了幾匹布料回來做長衫，日本尺寸都是從中國傳去，一匹布做一件長衫，剛好。

團友們參觀了「玉川堂」，看如何將一塊平平無奇的銅片，細心敲打成水壺。當今流傳用鐵壺燒出來的水特別甜美，尤其是煲普洱茶。一下子，南部鐵瓶賣得成為天價，一百多萬人民幣一個已是常事。以銅壺煲水，效果一樣，一個大的銅水壺賣五十萬日幣，得花一個月以上才能打出來，按人工來計，加上原料，是非常合理，與其買一個鐵壺，不如買一個更有藝術價值的銅壺。店裏擺着一個用了四十多年的，顏色比新打的更漂亮。小銅壺則賣三十八萬日幣，擺在一邊的只要一半價錢。問為甚麼，原來壺口是另一塊銅片接上，而不是從頭到尾一片銅製造出來的。

日本一共有四十七個縣，而觀光客量最低的就是新潟，其實當地有發掘不完的旅遊資源，讓我們好好去發掘吧。

北京寶格麗酒店

來北京已經是無數次了，所住的旅館也多不勝數，至今為止，我最喜歡的，還是「寶格麗酒店」。

寶格麗是家意大利珠寶公司，這塊牌子最注目的是，把原名的BULGARI中的那個U字，設計為V，作為BVLGARI，令人一看難忘，是神來之筆。

很多朋友奇怪，一向不愛首飾珠寶的我，為甚麼會與寶格麗搭上關係，我嚮往寶格麗的原因，來自年輕時看費里尼的《甜蜜生活》時，羅馬的維亞梵尼康大道上的珠光寶氣，當年的皇親國戚都來朝聖，荷里活

巨星也雲集在此，沒有文化的美國人，竟然喜歡寶格麗的產品，當年紅遍天下的寇．道拉加斯一到羅馬，即刻去寶格麗店中買首飾，被拍了一張照片，留着小鬍子，英俊非凡，現在這張黑白照片，被掛在酒店餐廳的男廁牆上。

剛成為富豪時，會買一個勞力士錶，後來有點品味，才光顧寶格麗，它的手錶設計，有女性的充滿寶石的蛇形女裝錶，極容易佩戴，往手腕上一套就是，至今還是一個最經典的設計，沒有別的牌子能夠代替。

我也禁不住買了個男裝的，手錶藏家古鎮煌看到了，批評說：「買那麼貴的手錶，應該着重在機械錶上，才有保值的價值，你這個是石英錶，二手沒甚麼市場。」

他不知道我買的是設計，白金的錶帶，黃金的扣子，很輕易地戴上

NIKO ROMITO

和除下。到現在我換過了很多手錶，但沒有一個比得上它的，可惜現在已不出了。

後來在世界各國旅行，最高尚的酒店用的化妝品多數是寶格麗產品，尤其是淺藍色的肥皂，有一陣難忘的幽香，令我愛不釋手，當今也不出了，變了一種味道，已經沒有甚麼好談的。

儘管如此，北京的寶格麗的確是一座精品酒店，只有一百一十九間房，我住的是小套房，也寬敞得很，設計簡單平凡，非常之優雅，每一寸空間的利用都花盡心思。當然，最愛的還是全面的電動噴水馬桶，這種設備，多數美國的大型酒店，即使是五星級，也不肯置之。當今生活質素的提昇，人們已經發現這是基本的享受，用過的人，已經不會回頭了。

當然全酒店最好的是它的餐廳，其他旅館一定有三四家餐廳讓客人選擇，北京的寶格麗只有一家意大利餐廳，由三星名廚Niko Romito設計菜式，很嚴格地挑選他自己喜歡的菜式，決定了下來，不准其他廚師變更，這也是保證飲食水準的一個重要環節，否則各個大廚做自己拿手的，就沒有所謂的Signature Dish招牌菜了。

之前，鍾楚紅來北京住過，我在榮寶齋舉行書法展時她剛好來了，試過之後向我再三地推薦，我因事忙沒有接受她的邀請前來試菜，這回自己入住，可以慢慢享受。

我一共住了三天，抵埗時剛好去吃中飯，當晚晚餐也去了，翌日中飯再去一次，晚宴雖然是大眾化的菜式，也是該餐廳設計的，加加起來，一共吃了四頓。每次，我都向經理說要吃不同的，而且兩人點的菜都要不同，分來吃的話，花樣更多。

好餐廳的麵包一定是自己廚房烤出來的，北京寶格麗當然也傳承，每一頓都有一個柚子般大的黑麵包，圓形分成四塊，吃慣英美麵包的客人也許嫌硬，但它有一陣香味，是別的麵包沒有的。

接着的是一塊圓形切成一半的東西，試了下來，才知道是一層層的白菜，上面鋪着的醬也有點芥末，很像北京老菜芥末墩兒，做法則似開水白菜，用肉碎來清除雜質，很適合我們的口味。後來發現蔬菜的菜式很多，大廚Niko Romito一定不是在靠海的地方長大，他和他的妹妹Cristiana在短短七年之中，已自創了許多名菜，得到了三星的榮譽，他們守的宗旨是簡單，而從簡單之中創出不平凡來。

接下來的意粉，是用了各種不同樣子的，這回採取海味，以魷魚切條和八爪魚鬚混入，增加鮮味和口感。肉則是把野豬烤的脆皮為主，再來又是蔬菜，蘿蔔打成的泥和菠菜加奶油，另有醃洋蔥和醃番茄，把五花肉醃製了切成薄片，我就寧願吃龐馬火腿了。

海鮮中有多種是生吃的，老實説，受了日本人影響之後，除了香港的蒸魚，西餐的海鮮要不是刺身，就感到不好吃，意大利人老早也有吃魚生的傳統，做起來得心順手。

餐廳裏不賣披薩，要吃的話有相同的烤麵包，上面鋪着番茄、蔬菜和醬料，味道不錯，但說到最好吃的，還是他們的迷你水餃，另外有迷你雲吞，也做得非常出色。

說到風景，我每到一家酒店，如果望出去的景色值得一提的，就拍一張照片，題為「窗景」，取room with a view的意思，北京的寶格麗，沒有拍照片的欲望。

房間很冷，溫度計怎麼調還是二十六點五度，原來是為安全問題，不能再高。那冷了怎麼辦？酒店服務部會送一個電暖爐過來。這是最低要求，入住那麼貴的酒店，千萬不要客氣，有甚麼問題即刻叫人來解決好了。

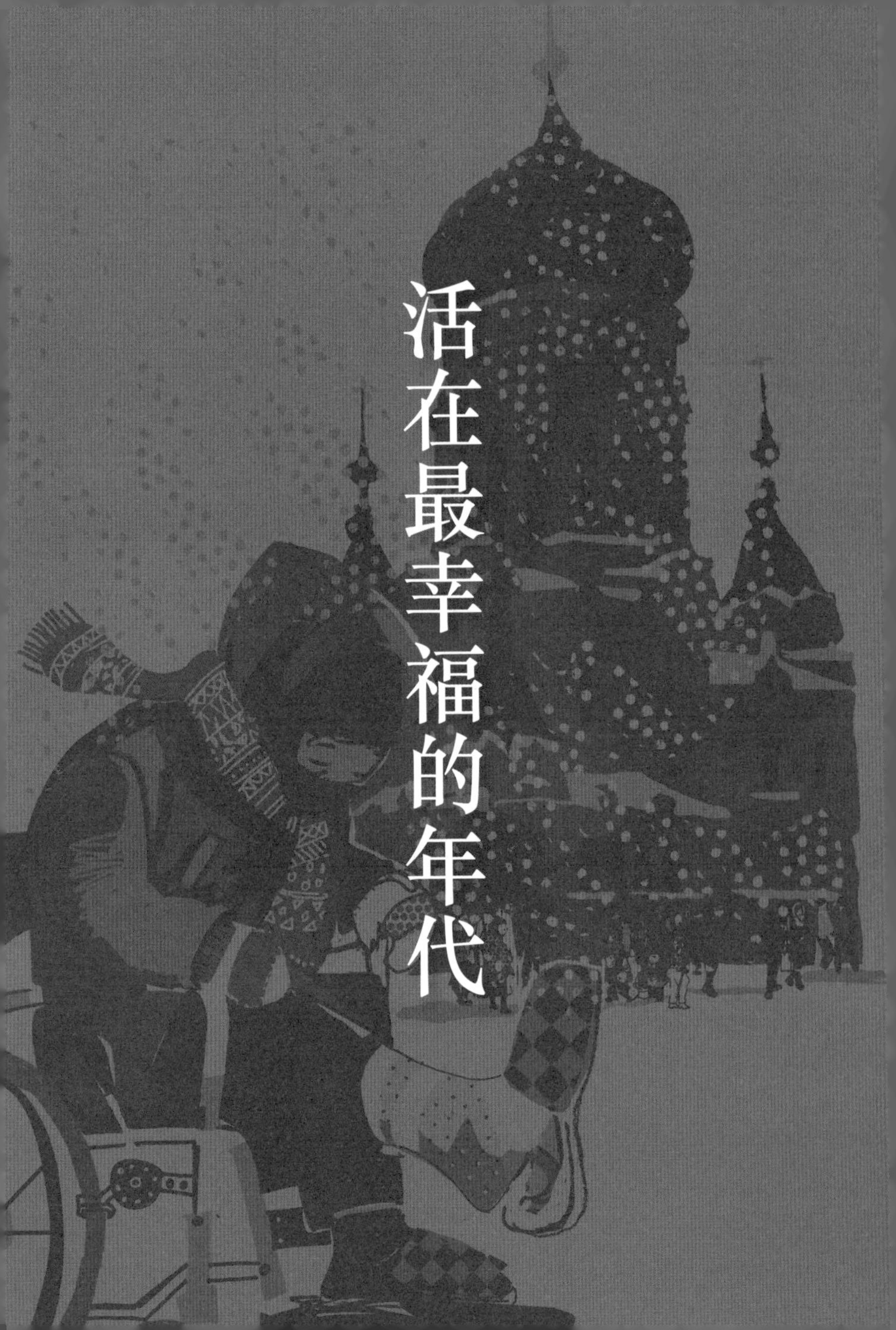
活在最幸福的年代

聖誕卡

「甚麼？你還寫聖誕卡？傳一個電郵不就行嗎？怎麼那麼過時迂腐？」年輕人說。

一些傳統，是非常優雅的，絕對不過時，親自寫聖誕卡是其中之一，你們不屑，我卻一定要傳承。每年到這個時候，我必然一張張寫，一張張寄出。

這個習慣是受到邵逸夫先生的影響，每年他一定用那顫顫抖抖的筆劃寄給他認識的人。有次幫他整理，看到他寄出後收回來的賀卡，來自卓別麟，來自伊利莎伯·泰萊，來自格麗絲·凱莉……

我的對象沒那麼出名，只是些有過感情的友人，有些甚至沒有見過面，像一位叫拉雲爾的醫生，居住於里昂。他是我年輕時法國女友的監護人，女友到處流浪，我問要怎麼找她時，她把拉雲爾醫生的地址寫了給我，說寄到他那裏，一定交得到她手中。

從此，每年到了這個季節，當我想起了她，就寄一張聖誕卡到拉雲爾醫生那裏。禮貌上，我也順便寫一張給拉雲爾問候一聲。

那麼多年來，從無間斷，直到，有一天，接到拉雲爾醫生來信，說女友因癌症過世。翌年當然不寄了，但拉雲爾醫生那裏，還繼續着。

買的聖誕卡，即使多貴，也沒甚麼感情，當然史諾比的是例外。我的聖誕卡，之前也是買的，在三十年前開始，就把蘇美璐替我畫的插圖之中選了一副，拿去印刷廠大量複製，有些是美女們圍着我浸溫泉的，有的是和倪匡兄一起吹喇叭喝酒的，有的是躺在雪上的，每年都不同。

秘書已準備了一份地址，我從歐洲地區寄起，因為他們那邊的郵政不穩定，而且常鬧罷工，非早寄不可。接下來的是美國、澳洲，再來是亞洲了，日本韓國先寄，把澳門香港留在最後。

日本人並不流行寄聖誕卡，但他們甚注重陽曆新年，在空白的卡內，我填上「賀正」二字，代替了聖誕快樂。因為蘇美璐的畫精彩，日本友人都喜歡，經常光顧的北海道札幌的藝伎屋「川甚」的老闆娘收到了，就把它和舊的一連串掛在牆上，年底去了就看得到。

一面寫一面想起和這群老友的往事，在空白的頁上總題幾個字，問他們記不記得在大雪之中那頓豐富的晚餐，或者一些在聖誕時的趣事，像有一年，主人把一瓶名貴的酒，埋在雪中，要客人去尋找，找到了就當禮物等等，都是畢生難忘的事。

在日本留學時，認識了一位好友叫加藤，他在酒吧中結交了一個美

國兵，送給他一枝大麻，不巧一走出門就給警察抓個正着。保釋出來等上法庭時，加藤拜訪一個個老同學，要我們給他錢。

「都要去坐牢了，要錢幹甚麼？」有的同學問。

「我要錢去請一個最好律師，替我在法庭上做證，大麻並不是像海洛因鴉片一樣的毒品，不必嚴重到要收監，今後的世界會紛紛地合法，這個記錄，會幫忙到其他受害人。」加藤說。

審判的前一天，他一個個來向我們道別，說這次進去後，不知何時再能見面。

結果，證據不足，當場釋放了。官司也不必再打，加藤用了剩餘的錢買了一張機票到美國去，結果落戶在緬因州，剃度為和尚，盡了一生的努力籌錢，在那裏搭了一座白色的佛塔。

每年收到他在聖誕節的回信，並不是一張卡，而是以宣紙毛筆畫的一幅符，祝福我這個老友。

一年復一年，走的老友也漸多，只有硬下心來，用紅筆從清單中畫掉，這個地址從此，和軀體一樣，消失了。

花開花落，每一年，都有新的名字增加在名單上面，有的還是老友的兒女，他們記着了父母和我的聖誕卡交往，認為是一件當今已非常難得的事，也開始寫聖誕卡了。

今年看了名單，有一件特別難過的，是長居巴黎的日本女友久美子，也要刪掉了。不，不，她人是健在，只是被女兒們送進了養老院。我最初聽到了很氣憤，母親辛辛苦苦養大了你們一生，何必如此忍心。

經過巴黎時特地去到郊外的養老院拜訪，看到的是一座很有規模的建築，地方乾淨，管理得很好，不像是一個等死的地方。

獻上鮮花後久美子望着我，一直微笑，但她認不出我是誰了。她的

聖誕卡，今年不必寄了。

移民到美國的韓國導演鄭昌和，每年也寄聖誕卡，前幾年開始沒有回音，不知近況如何。算歲數，也該有七老八老，如果看到了，也會滿臉皺紋吧？對方要是看到我本人，滿頭白髮，腰也開始彎了起來，也會感慨萬千吧？

有時不見也好，薄薄的一張聖誕卡，之前交往的印象，還一直留存在大家年輕時。

明年再寄一張。

電視迷

美國總統特朗普每天要花四至八小時看電視，我也不示弱，當今若不遠遊，觀半日。

當然，他有自戀狂，看的是自己，好話自然歡喜，壞的考慮如何在Twitter上反駁，迷得不能自拔。我們旁人，只看他製造出的笑話。

有了這個狂人，深夜電視節目異常精彩，主持人的諷刺越來越高深，扮他樣子出醜的，越來越精彩，所以我在電視機前一坐，也就起不了身。

最厲害的莫過於《周末夜現場Saturday Night Live》，已經可以用這

Fart Ø's
CORN CHIPS

Noodles
Noodles

個主要節目來維持一個收費台《喜劇中心Comedy Central》，另外加上Trevor Noah的《每日秀The Daily Show》，好看得不得了。此節目本來由Jon Stewart主持，引退後才被這個來自南非的喜劇演員頂上，最初沒看好，現在被大家接受，已經不容易。

《周末夜現場》的靈魂是監製Lorne Michaels，長年來捧出多名新人，現在都獨當一面，像Seth Meyers和Jimmy Fallon等，他們的晚間節目都由這個被叫為「龍哥」的人監製，賺個盤滿鉢滿還不算，甚得娛樂圈尊敬，他要誰上他的節目，誰都上，沒人推辭，也沒有人不知道一上來，便在事業上再踏高一層樓的。

美國的深夜節目一向有捧場客，晚上不睡覺，有甚麼好過大笑一番？從Johnny Carson開始，所有的深夜主持人一做得出色，一定會得大紅大紫。當今最厲害的是Stephen Colbert，被譽為深夜節目之王，所有好萊塢的大明星都上來。該節目有一段是他躺在草地上看星星，陪他看的有Brad Pitt等，克林頓的太太也上他節目，還有新占士邦等等。

主持人一開場就學特朗普說話，音調學得最像的是Jimmy Fallon，樣子最神似的是Alec Baldwin，他們的諷刺，引起社會關注，在翌日當成CNN的新聞來廣播。

是的，真是多得特朗普，這些電視節目才那麼精彩，不單他一人荒唐，連他身邊的人物都是像從卡通片中跳出來，特朗普的宣傳經理Kellyanne Conway簡直是一條母狗，巫婆般地瞪大眼說瞎話，可恥到極點。

還有那個接見記者的肥婆Sarah Huckabee Sanders，一副不瞅不睬，當所有的人都是傻瓜的樣子，不耐煩地一二三官式回覆，都令人極為反感。

更有那拍馬屁拍出神髓的副總統彭斯，三言之中必有兩句來讚美特朗普的偉大，連我們最可恥的郭沫若都要站開一邊，這些活生生的小丑，比甚麼深夜節目主持人更口齒伶俐，一點也不要依靠演技，也不必化粧，已經是活生生的鬧劇，教人怎麼會不愛看電視？

不過，談政治總讓人不愉快，當今的電視台已成千上百個選擇，不像過往看來看去只有TVB和亞視的中英文台四個而已，最要命的是出現了Netflix，只要付少許費用，有無窮的電影、連續劇、紀錄片和棟篤笑表演。當今他們勢力與金錢雄厚，可獨自製作電影和連續劇，看過了他們就把你的紀錄做成資料檔案，根據你的最愛，介紹你看更多你還沒發現到的節目。

最新推出的《Stranger Things怪奇物語》雖是小成本製作，但令人追看，監製和導演是對兄弟，叫The Duffer Brothers，年紀輕輕，才華橫溢，相信會成為今後的J.J. Abrams。

之前，Netflix的原創劇《The Killing》、《House Of Cards》、《Peaky Blinders》都令人愛不釋手，有些新電影都由李珊珊下載給我，問她有甚麼其他的，她說只要一個Netflix就看個不完。

傳統的電視台，當然有BBC，雖然我看新聞主要的是CNN，但它甚大美國主義，有時觀點不公平，只有拿BBC來平衡，不只看BBC，是CNN的女主持較美，BBC的其醜無比。

BBC製作的紀錄片，當然是David Attenborough的最為精彩，他的每一輯紀錄片都值得一看。較為輕鬆的，是釣魚節目，那個叫Robson Green的演員兼釣客的好幾輯也是有趣。

BBC的飲食節目，有一個叫Rick Stein的最平實可親，也可以學到他的烹調技巧。娛樂方面，有一個叫Graham Norton的，是一重量級人物，美國本土的娛樂節目很多，像《Entertainment Tonight》等，但是一講起歐洲，大家都很重視Graham Norton，所有的好萊塢巨星都要上他的節目，他很能掌握到明星們的資料和特長，讓他們上來發揮，大家都以能夠上他的節目為榮，我差不多每集都看，要是錯過了，就可以在YouTube上補回。

播動物的可看《Animal Planet》，喜歡知識的一定要看《National Geographic》和《Discovery》，看時不一定大明星才好看，有些小人物我很喜歡，像深夜節目《The Late Late Show with James Corden》裏，有一個女結他手，一直身置背後，但極有個性，我看這節目完全為了看她。

本地節目就完全拒絕嗎？也不是，有時從外地回來，總想看看香港發生了甚麼事，就轉到新聞台，但那些女主播一出現，就像癆病鬼一樣地吸氣，才會説話，完全不知道丹田的基本訓練，唉，即刻轉去看BBC和CNN。

電影公司商標

商標Trade Mark，這字眼較為文雅，當今叫成Logo了，就像不太永恆。看一部電影，片頭的商標越上越多，阿貓阿狗都各自創作商標，沒有一個耐久的。

觀眾們都記得只是米高梅那個獅子頭。MGM，是在一九二四年，由Marcus Loew，Samuel Goldwyn和Louis B. Mayer三家公司合併而成。Loew是德國片商，而德國的Loew是獅子的意思，理所當然，商標用了獅子，多年來不知換過多少隻。

最早那隻從都柏林動物園運到荷里活，名叫Slats（1916-1928），這隻獅子沒有咆哮過。第二隻叫Jackie（1928-1956）就開始吼叫了，錄音師亦專門在片場搭一個影棚給積奇叫了三聲，最後把頭轉到銀幕的右邊。第三隻叫Telly（1928-1932），第四隻叫Coffee（1932-1935）。這段時期中，有些商標叫兩聲，有些叫三聲，台灣的觀眾還說叫三聲的才是好片子，兩聲的不要看，其實一點關係都沒有。第五隻George（1956-1958）都叫三聲，但有時頭向左叫，然後對着鏡頭叫。最後一隻叫Leo，從一九五七年用到現在。

在六十年代，一切設計路線走向迷幻或簡單抽象化，米高梅亦跟着流行，把商標畫一圓圈，裏面有隻獅子的形象，金色字寫着MGM，襯着藍色的底，並不是很受歡迎，只用在《2001太空漫遊》和《大賽車》兩部片子罷了。

派拉蒙Paramount在一九一六年由William Hodkinson創立，商標是老

And the oscar goes to

闆本人的構思，當設計家問他要怎麼樣的一個形象，他就在餐巾上塗了他年輕時看過的Ben Lomond Mountain那座山，至於圍繞在山峯外一團星星，有時二十二粒，有時二十四粒，是這家公司簽約明星多少人而定的。

六十年代，這家公司被石油集團Gulf+Western買去，便把自己的名字加在下面，後來他們也買了Viacom電影和CBS電視公司。圍着的星星也在電腦製造，一顆星飛向山後。

二十世紀霍士公司由William Fox在一九一五年創立，他是當院商起家的，後來也自己拍起電影來，在三十年代經濟大蕭條時，霍士差點破產，他自己也因為賄賂法官而坐牢，後來以新霍士公司東山再起，改成二十世紀霍士電影。霍士換手又換手，梅鐸集團也當過老闆，最後落在狄士尼家，但是那個20th字和探照燈的形象太過深入民心，老闆們始終

將它留下。順帶一提的是這家公司的商標有時加上Studio Classics，生產最高品質的DVD經典作品，近年來也以此製作許多好電影。

聯美United Artists在一九一九年由Griffith，Chaplin，Pickford及Fairbanks創立，最初的招牌是一個長條六角形格子包圍着公司名字，最初的原意是讓藝術家們在創作上有更大的自由度，但藝術家始終不是商人，結果給Transamerica Corporation買去，冠上他們的名字。

環球Universal，由Carl Laemmle在一九一四年創立，在三十年代的黑白Logo，像水晶般美麗，為Art Deco的代表作，可惜在一九四六年停止使用，繼而加上國際International一字，但在一九六三年除去，簡簡單單用回Universal的金漆招牌，最後於一九九七年用電腦動畫作了從地球中射出的光輝。

年輕的觀眾也許沒有聽過雷電華RKO這家躋在八大之中最小的一間

公司，它有光輝的歷史，製作過《大國民》、《金剛》和許多《泰山》電影。因為大老闆是RCA（Radio Corporation Of America），所以招牌上有個無線電發射站，立於地球上面，發出電波，大富豪荷活曉士也曾經買下它，拍了《Outlaw》1943等經典作品。後來跟不上時代，終於在一九六〇年結束。

至於哥倫比亞Columbia，怎麼會取這個南美洲國家為荷里活公司名字，那位手舉火炬的女神又是怎麼由來？在一七三八年，美國還未獨立之前，英國國會禁止用美利堅這個名字，當地人選了一個南美國家來代替，就是哥倫比亞了。至於那個女神有很多不同的形象，最初片廠用一手握着木棍的羅馬兵士，一手抓住盾牌為商標，在一九二八年改為胸部特大的女神拿着火炬。到了一九三六年才成為今日形象，不過披肩是美國旗，到一九九二年用了一個叫Jenny Joseph的

模特兒來畫。一度被可口可樂買去，但他們並沒有把商標加上，反而在一九八九年被日本的索尼買去，在哥倫比亞的下面加了索尼影業字句。

一直沒有太大變動的是華納兄弟，那塊盾牌配合着W和B這兩個字，要怎麼改也沒有比這個設計更好，今後公司再怎麼易手，我們還會看到它的。

荷里活的影片後來再出沒無數的商標，沒有一個令人記得，至到Ridley Scott和Tony Scott兩兄弟的出現，創立了一間叫Scott Free的公司，用意大利畫家Gianluigi Toccafondo一張張的油畫疊拍而成，畫面出現了一個黑衣人，走向左邊，點了一根火柴之後向銀幕中間奔去，袍袖子化成羽翼，變為一隻老鷹飛去，出現了Scott Free的商標，藝術性極高，如果商標設計有金像獎的話，非它莫屬。

斷腿記

二〇一八年元旦，和一群好友到查干湖去看冰湖網魚，然後再去哈爾濱一遊。

抓魚在紀錄片中看過多回，對我來說，親不親自觀察並不重要，哈爾濱倒是一定要去的，從小聽朋友說有多好是多好，當今友人已失去記憶，想跑去蘇菲亞教堂前拍一張照片，看是否可以喚醒記憶。

果然，查干湖的魚已漸少，當地友人說：現在遊客已經比魚多了。被網上來時，眾人爭先恐後衝前去拍照片，有些人發現拍不到，原來手機已經在零下二十多度時凍壞。

本來的行程是從廣州飛長春，在當地住一晚，翌日一早再到查干湖，但當地友人臨時改變，說先到湖邊酒店下榻，第二天便不必因為塞車，三更半夜就得出發，雖然湖邊客棧的條件不佳，但還是方便的。

從機場乘五個小時的車到了湖邊，已入夜，先去醫肚，這好呀，可以吃東北菜了，到達一看，原來是家牛肉火鍋，潮州老闆還來認親認戚，食物當然比不上南方的，胡亂地填一填肚，就回酒店休息。

咦，房間暖氣十足，洗手間也乾淨，一點也沒友人所擔心的條件不好，睡得妥穩。

第二天看完魚後回長春住，中午去吃朝鮮菜，粗糙得很，但女侍應非常漂亮，我向友人說：你們看，不是個個整容的，我五十年前到漢城，當時大家窮得要命，但美女也不必動手術，和當今北朝鮮的一樣純樸好看。上完菜後侍應們換了衣服，載歌載舞，我喜歡的那位彈起結他

來，動作和西方樂師一樣刺激神經。

到了晚上，終於有頓東北菜吃了，去到一個民族村，以土得不能再土的裝修招徠，正合當今潮流，客人滿座。圍着能夠滑動的灶子，挖了數個洞，生起火來，上面放鍋子，邊煮邊吃。

最感興趣的當然是那鍋充滿肥豬肉片的酸菜鍋，浮在上面的脂肪，多吃幾口，好像才能夠禦寒。再喝湯，像全身熱了起來，原來是從屁股傳上的。南方人坐炕是坐不慣的，得經常移動八月十五，否則吃個不消，一定燙傷。

這時，來杯冰凍的啤酒，是件大樂事。哈爾濱啤酒好喝，但是發現我更喜歡一種叫「格瓦斯」的飲料，用俄國大麵包發酵出來，只有一個巴仙的酒精。帶甜，不過甜得不會生膩，好喝到極點，天天都喝格瓦斯，喝得不亦樂乎。

不小心扭到的腳很痛，友人勸說一定得看醫生，本來小事一樁不想麻煩大家的，也聽話去檢查一下。這下子可好，X光照下來，後跟那條小骨裂了一道痕。

一聽到要打石膏，我心中即刻發毛，這一打，要打多久？更要忍受友人在上面簽名，無聊得很。想不到原來這麼先進，用一塊像厚布一樣的東西，浸了熱水，左右邊包在小腿上，然後用黏貼布包紮，大功告成，謝天謝地。

從來沒有感受過零下二十幾度的天氣，出發之前做足準備，先到朋友介紹的禦寒商品專門店去買了整套的裝備，上次去冰島只有零下十幾，走時已把裝備送了當地人，這回重新裝束，連像摔角手的面具也買了。

從店裏走出來，才發現另一家的衣服是用「銻」做的，可以完全隔

絕寒冷，這才對呀。想去問問原來那家是否可以更換，女售貨員說：你試試用錫紙包着手臂看看，一定會把你熱死！

說得也對，但要是真正冷起來怎麼辦？好，傳統衣裝來一整套，新科技的銻衣褲也來一整套，到時任何天氣，都難不到我，返港前，再把它們送給當地人好了。

去到東北，發現冷是冷的，但是有一套秘魯的草泥馬的頸項毛Vicuna內衣褲，加厚外套，已經足夠。

再下來那幾天，得到友人的細心照顧，出入有輪椅，專車接送，上下有人攙扶，都不會覺得不便，反而是麻煩到那麼多人，心中過意不去。

臨返港，去到哈爾濱的地標蘇菲亞教堂，拍了張照片，完成了心願。

沒有直飛，只好在深圳下機，再叫小巴車我回來，乘的是深圳航空的頭等，有牛肉絲炒青椒下白飯，嚐了一口，無味，添三四湯匙的醬油應該吃得下吧？該死，就在這節骨眼中沒有自帶老恒和醬油包。向空姐弄，回答說沒有醬油，我們是不用醬油的，辣椒醬就有，就這樣餓着肚四小時。唉，餓死算了。一跛一跛走下機，爬上小巴士，才到達行李處。

返港後直接去照X光，發現骨頭裂痕加深，得住院了，哈哈，這也好，反正一直有寫個長篇的念頭，剛好在這休養期間可以完成。

把在哈爾濱的跛腳照片上傳社交平台，加上文字：「摔斷腳吧！Break A Leg!」這句英文諺語，有預視演出成功的意思，表演行業人士愛用。對的，二〇一八年，將會非常精彩！

放假

學生和朝九晚五的白領，有一個共同點，那就是大家都最討厭星期一。放假多好！玩一個夠，但是那可惡的星期一，把我們拉進痛苦的深淵。

我也度過長期上班的日子，那種對假期的渴望是多麼地強烈，令我決定一定要做一個不受固定時間束縛的人！一直往這方向努力，終於成功。

當今，每天都是星期天，我就不覺得放假有甚麼珍貴了。雖然不必上班，也不算退休，我們搞創作的，沒有退休這兩個字，總會找些事來

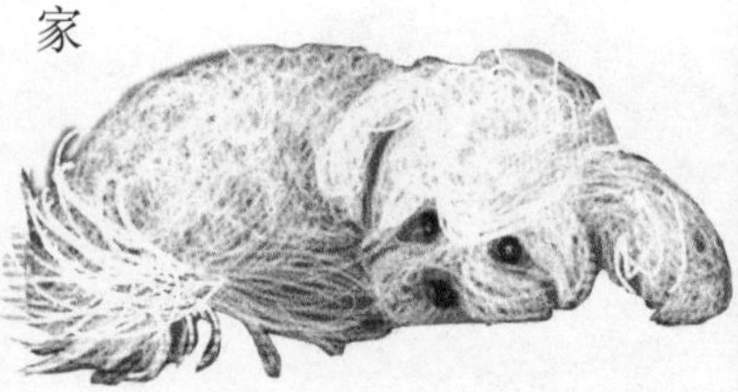

做，我現在的日子，忙過我上班的時候，一直覺得時間不夠用。

我們的放假，就是我們死去的時候，寫作人不會停筆的，問題在於有沒有人要求他們來寫，近來在專欄版上看到許多老朋友的文字，他們閒來總會動動筆。很少人能夠像倪匡兄一樣，說停就停。他說寫了幾十年稿，晚上作夢時，會出現一大堆格子，追着他討命。他可以不寫，是因為他的興趣諸多，每天有不同的事做，上上網，已足夠他忙的了。

我想向他學習，但是做不來，我不是外星人，而且，我的書不斷地在國內出版，也有各個出版社要求我去做發表新書的宣傳，那幾百個讀者圍了上來，要我在書上簽名，我每簽一本，就看到花花綠綠的鈔票，那是多麼過癮的事。

主要的是我越老越愛錢財，因為我越老越會花錢，沒有滿足的一天。相命先生曾經說過，我花錢的本領比我賺錢的厲害。別人罵過，你這是勞碌命，我聽了笑嘻嘻，不勞碌多無聊呢！

拜賜馮康侯老師的教導，令我學會寫幾個字，我當今一有空，還是不斷地學寫字，近年來對草書發生濃厚的興趣，每天不拿起筆來練，也多讀草書的名帖。草書這種千變萬化的造型，比甚麼抽象畫還要好看。

又在各種機緣下，讓我在榮寶齋開了一個書法展，而且銷售得不錯，現在香港的榮寶齋又邀請我去辦一個。這也好，讓我有多一點時間寫多幾幅。最近常作的是一些遊戲的文字，也用草書寫了憶老友，內容是黃霑兄的歌詞《滄海一聲笑》。另外用行書寫《獅子山下》和《問我》，地下又鋪滿一張張的宣紙，都是自己覺得不滿意的，家政助理每天拾起來丟掉，不知道我這個瘋子為何那麼不環保。

買賣方面，我還是不停地研發新的產品，「抱抱蛋卷」加了蔥蒜味道在傳統蛋卷裏面，吃過的人都說好。另外和上海的管家兄合作，推出

Time for
A Break

「管家的麵」，他是一個麵條達人，生麵做了一噸噸地拍賣，也被搶光。我叫他做乾麵，他說要研究研究，這一研究就是三年，我從來沒有催促過他。

當今產品做了出來，麵條只要放進滾水中煮兩分鐘，在碗中放我做的豬油，撈出後拌了一拌，再淋我認為最好的「老恒和」醬油，是一個天衣無縫的配合，大受歡迎。

但為甚麼在香港買不到？這是我的薄利多銷宗旨，一切用最好的材料，成本一定很高，「老恒和」醬油一小罐已要賣到人民幣三百元，我們用的是小包，也不便宜，所以也只有用郵購的方式才有一點點的利潤，如果在甚麼超市上架的話，對方至少要抽三成。我不想賣得太貴，也只有用郵購這個方式出售，而食品類是不能寄到香港的。

目前正在開發的有英式甜點Shortbread，試了又試，扔了又扔，做這產品的是一位我在微博上認識的網友波子小姐，她差點給我弄得瘋掉。

每一樣產品都賺一點點，我常說的，有賺好過沒賺，不虧本的話，已是樂事。

太多的念頭，很少的時間，我根本沒有辦法停下來，老天還是對我很好，讓我在冰上摔了一跤。小腿有兩根骨頭，粗的沒事，細的那根裂了，至少要三個月才能縫合起來，在醫院中休息了一陣子，終於可以實行我的另一個願望，那就是寫一個長篇。

雖然當今在家靜養，但是也靜不下來，我想我要去一個不受干擾的地方，才能完成。有甚麼好過去日本，一面浸溫泉一面寫呢？

每逢農曆新年，一群和我到處旅行的朋友，一定要我舉辦新年團，農曆新年有些人在正日要陪家人，有些要過了正日才有空，所以通常我會辦兩團。這次決定去新潟，這個一直被大雪封閉的鄉下我很喜歡，別人回去後，我留在那裏住一個長時期，才可以放自己一個長假。

但是甚麼叫假期？還不是每天喜歡做些事？我這一生，和假期無緣。

師太

亦舒用衣莎貝的筆名，在《明報周刊》這一寫，也寫了三十多年了吧。當然，她的小說更早了。

最初見到她時，是一個憤世嫉俗的少女，有點像《花生漫畫》中的露西，一生起氣來隨時讓你享受老拳那種人物，是非常非常可愛的。

我們兩人認識半個世紀以上，但老死不相往來（其實她對任何人都一樣，包括她的哥哥），她的消息，我也只借這本周刊得知一二，這是我唯一知她近況的渠道。

當今，她在大陸擁有無數的讀者，恭敬她的人，稱她為師太，的確，在寫愛情小説，她足夠資格當師太級的人物，雖然這個名稱令人想起金庸先生的滅絕師太，有點可怕。

在最近這篇散文中，她提稿酬事，我相信也有很多讀者想知道的，亦舒説聽到小朋友提議：「書是我寫的，讀者因我名買書，為何只分到十個巴仙的版權費？」

她跟着解釋：書本印出來，需先排字、紙張、印刷、裝訂，這些，都不便宜，出版社還要設計封面、校對、付宣傳費等等。她忘提的是，那廣大的發行網，作者要是自己拿到書店賣的話，車馬費都不夠。

喜歡看書的人，尤其是思春期中的少女，都夢想自己開一家書店，種滿了花，有咖啡、有茶，招待客人，只賣自己喜歡的書。

更高的理想，就是成為一名作者了，口講不出，內心裏也偷偷幻想。男讀者的話，當金庸、倪匡；女作家呀，當然是亦舒了，自以為寫

AIRMAI
EXPRESS
With Love

的是嚴肅文學，就要當楊絳，還要嫁給一個名氣更響的丈夫。

大家都當作家，大家都想書一出版，就是好幾百萬本，向羅琳看齊。

崩一聲氣球破了，回到現實，連自己印刷的幾百本也賣不出去。奇蹟不是沒有的，但少之又少，當今的網絡作家，就是奇蹟。

那到底要賣多少本才是暢銷作家呢？內地的市場那麼大，幾百萬本不行，幾十萬總賣得出去吧？別作夢了，市場是大的，讀者是多的，就是不買書罷了，大家上網看去，實體書能夠印得上十萬冊，萬歲萬萬歲！

五、六萬本已是厲害得很，大陸市場，有些書還沒一個彈丸之地的香港賣得那麼多。他們有的是讀者，但他們的發行做得相當的落後，除了幾個大城市，賣書的地方不多，鄉下根本沒有書店生存，數量非常有限，以寫作為生，靠賣書發財，都屬奇蹟。

亦舒的小說在大陸，銷路和香港一樣穩定，每天勤力地寫，出版社照樣出書，在《明報周刊》，數十年不斷地刊登她的長篇小說。

幾個月便能聚集出版一本書，根據出版的資料，亦舒在「天地圖書」一共出版了三百一十本書，小說有二百六十一本，其中長篇小說佔大部份，短篇及中篇小說共七十九本，散文集四十四本，散文精選集五本。

最新作品叫《森莎拉》、《珍瓏》和《這是戰爭》、《去年今日此門》。《寫作這回事》這本散文集讓讀者了解她寫作的心得和經驗，是一本非常難得的書，如果對寫作有興趣，又想當作家的話，一定要買本看。

負責編輯的是吳惠芬，當劉文良先生在世時我常上他的辦公室，外

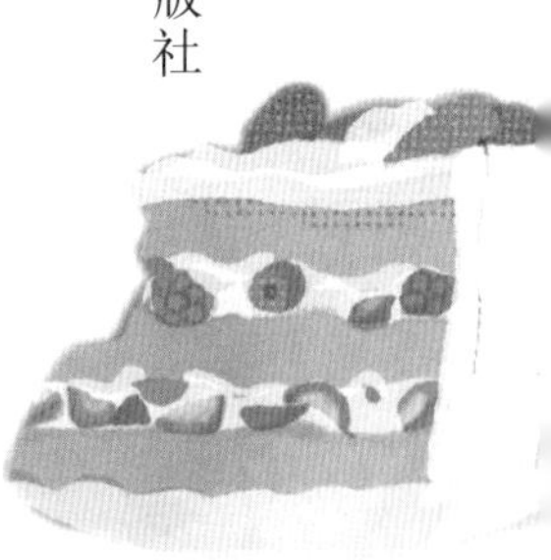

面坐的就是這位小姑娘，當今她已是天地圖書的要員之一了，編輯亦舒的書，少不了她，貢獻鉅大。

除了《寫作這回事》，吳惠芬還編輯了幾本談及亦舒逸事的書。《無暇失戀》談愛情與兩性關係，《紅到幾時》談工作和事業。《我哥》圍繞倪匡兄的趣事，以及《紅樓夢裏人》專寫亦舒閱讀《紅樓夢》的心得和見解，研究紅學的人非珍藏不可。還有一本新的未出版，講亦舒的喜好，另一本有關她的人生經歷的，會繼續推出。

在二〇一七年，國內電視劇《我的前半生》改編自亦舒的經典作品，再次成為眾人的熱議，接下來可以改編的還有很多很多，像一個挖不完的寶藏。

亦舒小說從不過時，三百多本中沒有一冊是重複的，連她哥哥也驚嘆道：「我的科幻天馬行空，甚麼題材都可以寫，有取之不盡的泉源。

我妹妹的，寫來寫去，不過是A君愛B君，B君又去愛C君去，那麼簡單的關係，一寫就可以寫成三百多本書，叫我寫，我寫不出！」

日前因為寫這篇稿需要一些數據，和吳惠芬聯絡，她問及當年在《東方日報》的專欄版「龍門陣」中，有一個叫《一題兩寫》的專欄，由亦舒和我每日在左右寫一篇同題材的，而出題由誰負責？

這是多年前的事了，是誰出題我自己也忘了，依稀記得是當時的老總兼編輯周石先生提的，其中有一篇吳惠芬印象極深，是〈何媽媽〉，亦舒和我都住過邵氏公司的宿舍，也得過何莉莉的媽媽照顧，我們兩人各自發表對她的觀點，令讀者留下深刻印象，可惜內容已找不回了，要聚集出書，是不可能的了。

時常想念這位老友，今天東湊西湊，寫成這篇東西，當成問候。

哭

亦舒在這一期《明周》的專欄寫〈哭〉，回想自己，從小就被叫為一個不哭的小孩。的確，我不記得小時甚麼時候哭過。

見到哭得很厲害的，是媽媽的嚎聲大哭，事後知道接了一封信，是大舅在大陸被槍斃了。大舅是潮州金山中學的校長，開除過一個流氓學生，這學生當了紅衞兵便回來報仇，當年一個小頭目，就有殺人的權力。

後來就一直沒有哭過，學生時在海外吃了不少苦頭，也偷偷獨自流淚，那不算哭。真正哭，是在海外得知書法老師馮康侯先生仙遊，哭得厲害。

更大的一次，是家父逝世，我們兩人的感情可以說是最好的，當天早上，我哭得很大聲，哭得驚天動地，哭得鄰居都感到我的悲傷。

之後，再也不哭了，家母是一個做所有事都有準備的人，她連自己的死，都安排好不讓我們傷心，先是不管事，接着不問不答，再來就是一片空白。我們做子女的眼淚分開數次流，到她老人家真正走的那天，大家反而是平靜的。

最易發怒的人是曾希邦兄，也最容易哭，甚麼事都是大哭一番。他是我朋友中最愛哭的，雖然我沒有親眼看見過，都是由他的書信得知。我們分開的時間多過相聚，互相交換文字的次數，除了家父之外，就是他了，尤其是我向馮康侯老師學書法時，他在信上表示非常之羡慕，我回信說不要緊，學到甚麼，寫甚麼給他看，結果是禤紹燦師兄、我和他

成為了馮老師的三名學生。

希邦兄走時，我也哭過。

黃霑兄死去，倪匡兄和我都沒哭，只是憤怒，憤怒上蒼為甚麼讓他那麼年輕就死去。記憶之中，倪匡兄是一個唯一不哭的人，在他父親的葬禮時也笑嘻嘻。當然他不是凡人，他是外星人，外星人是不哭的。

其他的，就是看別人了，在銀幕上看得最多。私底下，是女人哭得最多。我真的不喜看女人哭，尤其是她們一酒醉，就要哭，在邵氏和嘉禾那幾十年中，不知有多少明星在我面前哭倒，我即刻想的，是如何逃之夭夭。

愛哭的人，我推薦幾部電影讓他們自己哭個飽，不必麻煩別的人。第一部是一九四六年拍的《The Yearling》，國內譯名為《綠野恩仇記》，真實與恩和仇無關，是一部少年的長成和一隻小鹿的故事，非常之感動人，當觀眾看到小鹿被人道毀滅時，沒有一個不哭的。

第二部叫《All Mine To Give》（1957），中文名已忘記，故事講一個溫暖的家庭，父母生了六個子女，悲劇發生，家長相繼死去，社會要迫着其他人收養這些孤兒，由長女把弟妹們一個一個送到別的家庭。

看這部戲的人沒有一個不哭的，邵氏公司要開發馬來亞市場時，叫我去安排，當年的劇本沒有好得過抄別人的，因為製作費不允許請人創作，也只有抄，甚麼比得上抄這部戲呢？

桂治洪和我去了吉隆坡選角，當地工作人員集合了一群小孩來試戲，我們五個五個叫來演，說父母死了，你們怎麼反應？哈，一群天生會演戲的小孩就那麼大叫大哭，其中一個最聰明，忍住淚，用手去挖泥土，要把埋在地下的父母叫回來。經他那麼一演，別人沒哭，弄得導演桂治洪和我這個監製先哭出來。

人生苦短，到了我這個階段，已盡量避免傷心流淚的事，所以看電影或電視片集，首先要避免哭哭啼啼的，最好是開機關槍大殺一番，那些擠人眼淚的讓別人去看。

但一看到韓國片，雖然說打打殺殺，也非加一段擠觀眾眼淚的不可，韓國人有愛哭的傳統，他們的個性都是至情至性，哭一場才能過癮。

當年在韓國舉行的亞洲影展之中，所有劇情片都是悲劇，死人最容易惹哭，而人死都在醫院裏面，我做評審，記者問我這個影展的特點在那裏？我回答說，不應叫亞洲影展，叫亞洲醫院才對。

早期韓國電影並不先進，戲院上的都是香港戲或是台灣戲，哭哭啼啼我們最拿手，台灣戲被瓊瑤小說改編的佔去一大部份，當倪匡兄遇到瓊瑤時，他把小說人物怎麼死的一個個說出來，讓瓊瑤佩服得流眼淚。

天真的嬰兒是一個最可愛的生物，但是你有沒有遇到他們哭起來呢？不是一陣子，而是那種飛機坐多久，他們就哭多久。那時真想把窗口打開，從高空把他們扔出去。這種念頭，我相信都會閃過的。

床

床，人生最常用，但最不受中國人重視，以為擁有是理所當然的，和白米飯一樣。

一生勞碌，為生活奔波，人總是要求一天活得比一天更好，安定了下來，第一件可以展揚自己的成就的是一隻勞力士手錶，第二件是一輛賓士汽車，第三件是有一間房子，而至於床，沒有人重視，也不知道甚麼是最好的，對於名床牌子的概念是模糊的。

這張我們要花生命中三分之一時間的用具，怎麼可以不去研

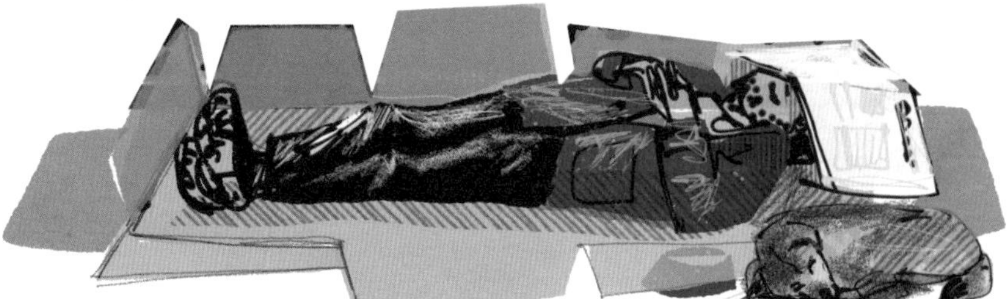

究，實在是令人貽笑大方。

窮的時候睡木板床，有了能力買一張海綿墊，但都是化學品做的，睡得床底一灘水。可能是中國人天生硬骨頭，甚麼都是硬的最好吧？為甚麼我們一天勞動下來，不能睡在一張又軟又舒服的床呢？

看電影，美國鄉下人的老夫老妻，都是睡在同一張床上。這是多麼不文明，各人的生活習慣不同，到了某個階段，應該再也不互相容忍，分床睡才是理所當然。一向說的是美金有保障，情人是法國的，而屋子則是英國的最好。為甚麼最好？英國人不但分床睡，而是睡室也是個別的，才算最高享受。

大不列顛帝國不落日，當年的英國對生活的要求最高，他們要睡一張最好的床，而甚麼床比得上國王睡的呢？

每一種英國皇室用品，都有一個英國皇家徽章，一隻獅子和一隻駿馬，擁抱着一個盾牌，下面字句寫着「英國皇室御用By Appointment To His/ Her Majesty」，是信心的保證，而得到這種牌子的東西已越來越少，每年還要重新檢驗，不合格即被摘下來。

Hypnos公司於一九〇四，先受喬治五世愛用，後來當今的英女皇一直睡這家公司的產品，當然每一張都是人工手製，用料全天然，非常環保的。

床墊用的是馬尾毛編製，這一來才可以通風，裏面的毛綿皆為最高級的，而彈簧更是分別的幾層，務使做到最完美為止，睡在上面，就像被雲層包裹那麼舒鬆。

但是買這種床，單單是用手按按，是不知道它的價值，該公司鼓勵客人睡多幾次欣賞，歡迎大家來試睡，睡到你感覺它的價值方才購買。

最初接觸這張床，當然是像個大鄉里不懂箇中樂趣，第一樣我喜歡

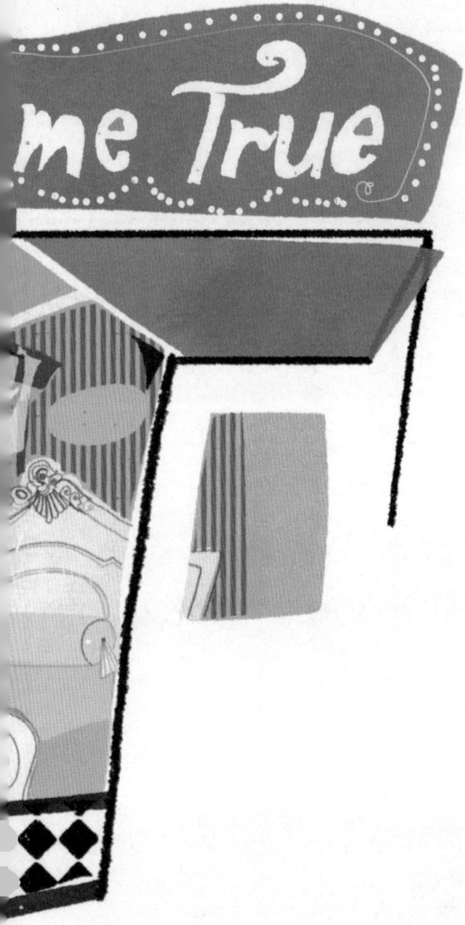
me True

Dream

的是它能升降，對我這個愛在床上看書的人，的確是最大的享受。

或者說醫院中的床也有這種功能呀，但是睡在這種床總有生病的感覺，心理上是極為反感的，而惟有這一類的高級產品，才能又有此項功能，又完全脫離病床的感覺。

大一點的床可分兩邊，就算夫妻共睡，也可以不影響對方的生活習慣，另一種好處，是它設有按摩功能，像把一張電動按摩椅搬到床上一樣，震呀震呀，也就一下子入眠，還有另一功能，那就是不但頭部能升起，下面那邊的腳部也同樣可以升降，舒服無比。

當然，當你年輕的時候並不需要這種享受，當年一上床就做傳宗接代事，然後即刻倒頭就睡，管得了那麼多嗎？這種床是要等到你到處都可以打瞌睡，看電視時的沙發，看書的安樂搖搖椅，坐久了都想睡，但一看到床就睡不了，這個階段，你知道，你已經需要一張好床了。

現在，我們對生活質素的要求已經提高，去到酒店，也可以選擇枕頭的軟硬，好的旅館有十幾個枕頭讓你去試，但是床，始於就是那麼一張，最多能夠要求加幾層床墊，要是你想更硬的，那麼只有睡地板了。

隨着生活質素的提高，某些經驗也逐漸減少，早年的藤蓆，在沒有冷氣時睡起來是多麼地清涼。大塊木板鋪在櫈上，光身不蓋被，在露天之下睡個大覺的經驗，也已失去。

還有那討厭的蚊子，一直干擾着我們的清夢，早年吊起蚊帳，整個人躲在裏面，像進入母親的胎盤，也是一種極大的享受，當今俱往矣。

這麼多年來，甚麼床都睡過，記憶猶新的是日本的榻榻米，至今住溫泉旅館，還有這種享受，榻榻米上面的床不叫床，叫Futon，睡覺之前才鋪的，說硬不硬，說軟不軟，是一種全新的體驗。到了夏天，旁邊是有一盞小燈，燒了一圈蚊香，再來一壺冰水，那是夏天睡榻榻米的配

套。到了冬天，那張被極厚，但也不覺得重，舒服得很。

而今，看到了這張Futon，已有點猶豫，因為年老骨頭硬，睡在地上要爬起來時，還是得花氣力的，所以好的溫泉旅館中有兩種睡具，西洋的床和日式榻榻米，任君選擇。

睡在這張天下最好的床之一的Hypnos，只有一種遺憾，那是為甚麼不早點有這種能力，買一張給自己的父母當禮物？而一早有錢的人，也很少會買這張床孝敬雙親，他們連自己也捨不得睡。

買一張高級的床，的確比買一副貴棺材好。

早知道

天下最無聊的，莫過於早知道這三個字。

「早知道房地產會漲得那麼厲害，怎麼借怎麼偷，也要買他媽的一間小的。」說完後，好像已經損失了好幾萬萬，一臉無奈，一腔委曲。

「早知道這幅字那麼便宜，一看就要買了，你看現在的價錢，怎麼買得了了？」說完一副怪自己眼光不夠高，走寶了的表情。

「早知道這尾魚會絕種，為甚麼當年不吃一個飽？」說完露出萬分的饞相。

「早知道現在已經擠滿遊客，當初沒有多少人想去，為甚麼不乘早走一走?」說完千般恨不消。

「早知道不多讀幾年書，不至於現在找不到工作做。」說完後悔不已。

「早知道這隻股票會升到現在那麼瘋狂，為甚麼不買它幾手?」說完好像當今已傾家蕩產。

「早知道這個女人那麼壞，當初就不應該娶她做老婆。」唉，真是悲劇!

早知道，早知道，你不是神仙，你又不能去到未來，你怎麼可能早知道?我一聽到說的人哀聲嘆氣，即刻逃之夭夭，和這種人聊下去，會把自己的精力吸走。

廣東人的諺語說得最好，他們說:「有早知，冇乞兒!」

乞兒，就是乞丐。而那個「冇」字，中間少了兩劃，有就變成沒有

LET IT BE

了。

怨嘆來幹甚麼呢？不如珍惜當今擁有的。

是的，我們人生，要做多少傻事才變得精明？我們要做多少錯誤的決定，才看得開？但是人總一次又一次地重複自己的過失，永遠學不會怎麼開解自己。

消極的做法，就是求神拜佛了。以為有了佛偈就能解脱；以為禱告，上蒼就會來幫助你。沒用的，沒用的。

為甚麼我們忘記了基本呢？一開始，家長和老師都會告訴我們努力呀。

當今的孩子，都早知道大了以後，父母會把房子留給我們的，買來幹甚麼？買來幹嘛？人生的鬥志，在他們這一代就消失了。

這也怪父母的不好，留給他們的只是錢，教育他們的也是怎麼賺錢，而不是引導他們有獨立的思想。

社會的富強，導致這種現象的發生，這是必然的呀，有些人會這麼說。

這不是沒有救的嗎？不，不，當年的美國，也是這樣，但是有些家長還是鼓勵兒童有獨立思想，讓他們知道再這麼下去不是辦法，所以產生了「花兒童」的嬉皮士。守舊的大人以為這是一群不學無術的青年，整天只會抽大麻，搞集體性愛，這些人，會把整個社會破壞。

歷史告訴我們這完全是錯誤，嬉皮士的行為是一種反抗，是爭取獨立的思想。他們雖然有大人看不懂的行為，但是他們讀書，他們旅行，他們從各種生活方式學習，找到自己認為這是最適合他們的道路去走。

這種獨立思想引導着整個世界進步，今後的社會才會產生像喬布斯這種的人，他們上班可以穿牛仔褲，不必西裝領帶，他們留鬍子不剃，他們知有早知有乞兒這種事，他們求進步，他們求自己生存，不靠別人。

這才是嬉皮士的正面，吸毒和集體性愛只不過是一種過程，不影響到他們獨立的思考。

那麼，我們得讓我們的小孩也讓他們去胡搞嗎？絕對不是的。物極必反，嬉皮士的兒子女兒穿得光鮮，他們看不慣父母的襤褸牛仔褲。他們的行為檢點，集體性愛變成要集體行為才有安全感，所以他們一塊兒躲進星巴克咖啡店去，從嬉皮士變成雅皮士，但這一切，都要拜賜於獨立思考。

再下來怎麼變呢？有了電腦以後雅皮士的兒子發現，連集體喝咖啡行為也變成了「一蘭」拉麵，大家只要有一個小格子，就能生存下去，社會並不需要大家一塊兒去走的。

這一切，都不是人類能夠預料的，所以「有早知」這三個字已經落伍，我們為甚麼還要後悔我們做的錯誤決定呢？不如交給電腦去選擇吧！

有了電腦，我們不需要一間屋子，斗室就夠了，房地產怎麼漲不關這些人的事。有了電腦，字畫的欣賞變成一些老古董的玩意兒。

有了電腦，只要一個漢堡包充饑，有了電腦，甚麼風景都能在其中看得到。有了電腦，比甚麼老師都厲害，有了電腦，創造一些比特貨幣，較買股票賺錢容易，有了電腦，甚麼色情遊戲都能滿足自己，還要娶老婆和嫁人嗎？

獨立思考的種子一旦種了下來，再怎麼大眾往甚麼方向去走，總有些與眾不同的人產生。而今後，只有靠這些人去創造另一個新的局面，不必靠早知道的。

不知道，這個世界才有趣。

活在最幸福的年代

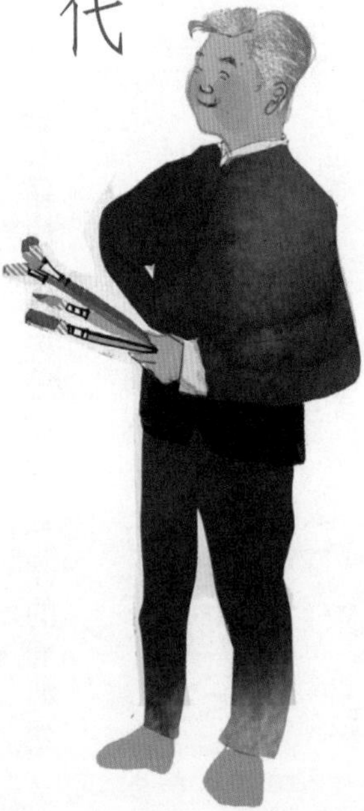

我命好，是一個富二代，雙親留給我的不是錢，而是教養。他們鼓勵的是獨立的思考，並從中引導，絕對不說教，讓我們四個子女自由發揮。

自己的努力奮鬥也有幫助，但這不是最基本，努力是理所當然的事，當今被遺忘而已。

這一切都有前因後果，但是運氣還是主宰着我一生人，是的，我是幸運的。幸運在一顆炸彈投到我家天花板，沒有爆炸，否則怎麼還有那麼多話說？

幸運在我媽媽揹着我逃難，日本人的轟炸機低飛，用機關槍掃射，母親自然反應地跳進溝渠，留着我在外面大哭大叫，還能避開每一顆子彈。

更幸運的，我一生沒有遇到鬥爭，沒受過迫害，小時雖然也經過災難，但都能在事後當成笑話來講。

長大後，不知不覺地搞上了電影，更懵懵懂懂當上了所謂的作家，都是運氣所然，若是活在其他年代，我這種半桶水的學問邊都沾不上。

更因為我父母來香港小住，我帶他們去吃廣東點心，座位要等個半天，坐了下來，侍應的態度又差，致使我在專欄上多寫關於吃的經驗和食材，令致編輯們以為我對吃很有研究，叫我寫食評！造成了一股黑勢力，以後位子有了，態度也轉為親切。

我這所謂的懂吃，只是懂得比較，這一家比那家好，另一家更為精彩，比較的結果，就是「懂得」了。

但還是運氣，而運氣在哪裏？運氣在碰上我還能趕上尾班車，吃到許多瀕臨絕種的食材，還吃到像黃魚鰣魚那類海鮮。

當然古人不當是怎麼一回事，但是古人不可能像我一樣飛到日本吃刺身，而他們嚐的只是中國名廚手藝，不會像我那麼幸運去吃到法國米芝蓮三星，保羅·包古斯親手煮的菜。

我每天感謝上蒼，讓我生活在每一個區域的黃金年代；我出道時幹電影，那時候的戲院可以坐兩三千人，觀眾和銀幕上的人物一起歡笑，一塊悲傷，當年拍甚麼戲都能賺錢，香港電影的市場龐大，可以先「賣埠」，越南、柬埔寨、寮國，至到所有海外華人的市場都來「買花」，等於是預購版權，加加起來，已是一部電影的製作費，還要有利潤。

這都要拜賜錄影帶DVD還沒有發明，盜版的情形還沒有發生。

更幸運的是香港電視只有兩個台可以選擇，電視的尺度也還沒那麼嚴謹，讓我們三個人胡作非為，抽煙、喝酒、騷擾對方，都能原諒，得到前所未有的收視率。這種節目，是空前絕後的。

命運還安排了一些悲劇，Beyond的黃家駒在日本富士電視中意外身亡，日本人慎重其事地來香港為他舉辦喪禮，而一切的安排由我去協助。富士電視感恩，讓我上他們的烹飪節目《料理的鐵人》當評審。

我有甚麼說甚麼，與其他評審有別，他們都不太肯說實話，只有我一個批評這個好吃，那個太難吃了，快些從我面前拿走！

說的實話成為嚴厲的批評，日本叫我為「辛口Karakuchi」，觀眾們大為受落，編導一次又一次地邀我從香港飛去，得到的酬勞非常可觀。

當年正好遇上日本經濟起飛，不惜工本搜集天下最貴的食材，邀請

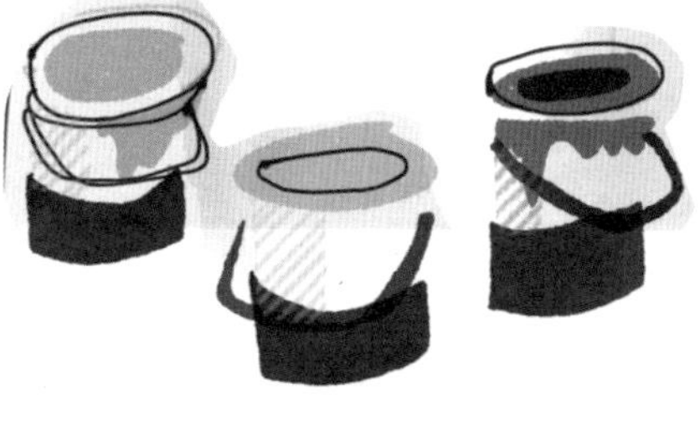

世界名廚來競賽，讓我有機會與他們結交，也令我在日本的美食界打開了名堂，去甚麼日本最好的餐廳，都受到尊敬。

美食節目因此產生，我在無綫做的《蔡瀾嘆世界》也剛好遇上國泰航空最輝煌的日子，他們出了龐大的製作費讓我周遊列國，享受到當年最好的美食。

在北海道拍攝的第一集，和李嘉欣大浸露天溫泉，當年沒有人在冬天去北海道的，後來也變成大受歡迎的熱門旅遊地，許多朋友都要求我帶他們前往，就是我組織美食旅行團的開端。

又遇到旅行團從來沒有那麼高級的，市場就打開了，一團接一團，都是爆滿，這都是一波接一波的後果。

寫文章時，是報刊的黃金年代，那時候的《明報》和《東方日報》的副刊最多人看了，當今比我寫得好的多的是，但報紙的銷路，已今非昔比。

出版成書，也是香港人讀書最盛行的年代，能一本又一本，都是因為遊戲機還沒發明，電子讀物也沒人想到，香港書展擠滿了人，都不是去買漫畫的。

最幸福的連番遇到許多好朋友和好老師，金庸先生、黃霑兄、倪匡兄，向他們學習的事多不勝數，學習書法的馮老師，更令我在雅趣上得到無上的歡樂。

今後的科技，也許會讓人活到一兩百歲，但是食物已被快餐集團統治，美好的天然食材已經絕跡，空氣充滿污染。有甚麼比當今這個年代的美好？今後的香港也許更為繁榮，但是我認為我的運氣還是好的，若有其他的轉變我歸去也。